東京喰種 [往日]

TOKYO GHOUL

TOKYO GHOUL

ISHIDA SUI

TOKYO GHOUL

Novel

原作 石田スイ Sui ishida

小說 十和田シン Shin towada

登場人物介紹

霧嶋董香

「喰種」少女。被「CCG」視為危險分子，代號是『兔子』。正就讀高中，學校方面也有朋友。

霧嶋絢都

董香的弟弟，同時也是『青桐樹』的幹部。儘管毫不掩飾對姊姊的敵意，但還是無法徹底捨棄親情。

芳村

「喰種」聚集的咖啡廳『安定區』的店長，是個行動處處充滿謎團的人物。其真實身分是……

金木研

身上被移植「喰種」內臟的青年。儘管是人類，卻成了吃人的怪物。這樣的糾結和困難啟動了他的命運。

永近英良

金木的兒時玩伴，也是死黨。好奇心強，直覺敏銳。目前在「CCG」工作……

神代利世

隨心所欲大肆撕食人類，綽號是「暴食狂」的「喰種」。她的內臟被移植到金木身上。

萬丈數壹

仰慕利世的11區前首領，很弱。話雖如此，部下們還是很景仰他。

真戶曉

「CCG」的搜查官，以第一名成績從學院畢業的才女。

真戶吳緒

曉的父親。對『昆克』有異常的執著，是位資深搜查官。

西尾錦

「喰種」青年，就讀上井大學的藥學系。

西野貴未

錦的戀人，知道他是「喰種」。

古間圓兒

『安定區』的店員，據說從前是個凶暴的「喰種」……

入見佳耶

『安定區』的店員，在加入店裡之前，曾經統率一個名為『黑色杜賓』的「喰種」集團。

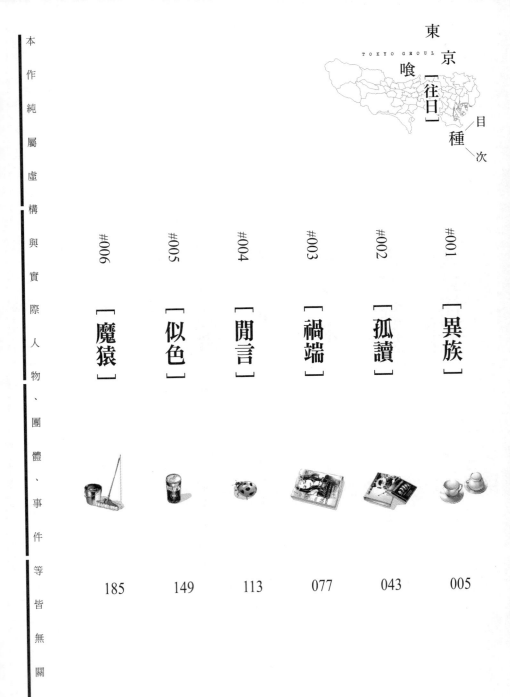

東京喰種[往日]

TOKYO GHOUL

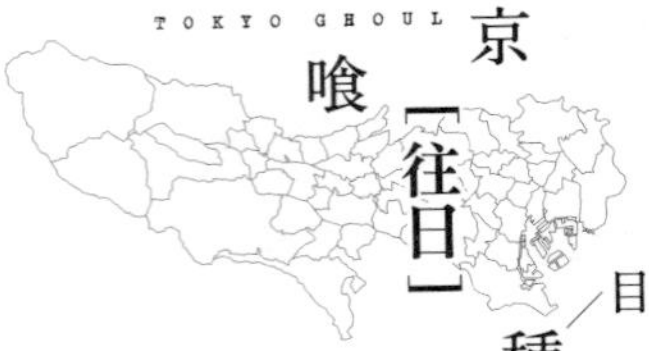

目次

#001 異族

東京[往日]喰種

TOKYO GHOUL

一

祈求能夠永遠在一起的未來之路，即是分離之路。

在這個世界，就連希望自己能活下去都是一種罪。

「喰種」儘管擁有遠遠超出人類的力量，依然只能過著避人耳目的生活。

無論是哪個「喰種」，多多少少都曾因為人類而有過苦澀的經驗，霧嶋董香也是其中之一。

小時候，由於某個很照顧董香一家子的人偷偷告密，害他們遭到以驅逐喰種為目標的喰種對策局「ＣＣＧ」旗下的搜查官追殺，這件事情她到現在都還記憶鮮明。因此她選擇背離人群，和弟弟絢都相依為命。

「……弱成這個樣子還敢找上門來叫陣，這傢伙是不是笨蛋啊？對吧，老姊？」

一個男人貼在水泥地上全身不斷抽搐，就像一具從大廈最頂樓跳下來自殺的屍體。董香和絢都用冰冷的目光俯視他。

「……可、可惡、明明只是小鬼頭、這裡是『二丸』的地盤，老子可是幹部……唔！怎麼可能、會被你們兩個小鬼幹掉……！」

還有力氣說話嗎？絢都看著眼前低聲嘶吼的男人，挑起單邊的眉毛。

「別管他了，絢都。」

董香懶懶地出聲制止。

「反正放著不管也會死，動拳腳反倒會餓肚子。我們去喰場吧。」

「……」

董香說完立刻邁出步伐，催著絢都。絢都雖然不太情願，但還是乖乖停手，隨即跟上董香的腳步。

但就在這個時候，倒臥在地的男人使盡最後的力氣爬了起來。

「你們兩個……」

男人再度凝聚起赫子。

「臭小鬼啊啊啊啊啊啊啊啊啊啊啊──……!!」

那個男人，大概以為可以趁他們現在放鬆警戒時報一箭之仇。

「……笨——蛋。」

「老老實實去死不是很好嗎？」

赫子同時從姊弟兩人的背後激射而出。那是一股源源不絕，沒有任何滯礙的Rc細胞。兩人鮮紅的眼睛捕捉到那個男人。

「噫……」

男人發出最後的呻吟後，化為蜂巢，就連生命也一起被炸飛。

「喰種」的世界奉行弱肉強食的原則。只要擁有足夠的力量，就可以不必遭受他人蹂躪而活，是相當簡單易懂的運作法則。那些被繁瑣無趣的規矩束縛，必須過著群體生活的人類根本沒得比。

但是認為只要夠強就好，從另一方面來說就會有疙瘩。

董香讓染成一片鮮紅的瞳色恢復原狀，抬起頭用那雙眼睛仰望著附近的公寓。公寓的房間透出微微光亮，裡頭傳來陣陣歡樂的笑語聲。人類不過是「喰種」的餌食，卻悠悠哉哉地生活著，一點危機意識都沒有。這種神經大條的地方讓她想吐，但同時又令她回想起往日的光景。

那是董香、絢都還有父親新，三人用人類的方式一同生活的日子。當時，他們也如同公寓那道光亮中的人類團聚在一起，擁有相同的安穩——

董香甩了甩頭，彷彿想藉此消去腦中的回憶。「喰種」和「人類」不一樣，不可能有任何重疊之處。董香這麼告訴自己，然後便別開目光，不再去看那道光亮。

二

「『喰種支配了東京!?』啊……」

這裡是公寓的其中一個房間，某本週刊被隨意扔在地上，封面上的文字躍入董香的眼簾，大概是絢都偷來的雜誌吧。她將雜誌擺放到桌上，嘆了一口氣。

時間已經過了正午。絢都大概還在睡覺，遲遲沒有從房間裡出來。董香煩惱了一會兒，決定到絢都的房門口叫他。

「絢都，我要去芳村老爺子那裡，你呢？」

裡頭沒有任何回應。他是還在睡覺？還是沒聽見？

「絢都……」

「吵死了，我才不去。」

正當董香打算再次出聲確認時，從裡頭傳來一個煩躁的聲音。絢都粗暴地打開房門，一副剛睡醒的樣子。他用手扒了扒頭髮，無視眼前的董香，逕自往客廳走去。

「……你這是什麼態度？」

「啊？」絢都瞪向董香。儘管董香用責怪的語氣，他還是不改本色。不過他很快就移開視線，一屁股往沙發上坐下。董香拿起剛才整理好的雜誌，翻開內頁。

「妳要去就自己去。」

以前不管董香去哪裡，絢都總是會跟在她身邊，但他現在行動總是反覆無常，對董香頂嘴的次數也增加了。每次遇上這種狀況，都讓董香深感自己愈來愈不明白絢都在想什麼。

當她到達表面上是咖啡廳，私底下負責管理20區「喰種」的「安定區」，興許是過了午餐時間，店裡冷冷清清。雖然有幾個零散的顧客在喝咖啡，不過全都是「喰種」的樣子。

「……歡迎光臨。」

在裡頭擦拭杯子的店長芳村察覺董香到來，抬起頭來看她。他應該已經知道董香和絢都殺掉上門找麻煩的「喰種」了。董香心想，芳村八成會像往常一樣對她說教，於是她一面做好心理準備，一面往吧檯坐下，開口要求：「給我一杯咖啡。」

芳村什麼也沒說，只是煮好一杯咖啡放到董香面前。原本以為芳村會出聲警告，但他卻一語不發，這樣反倒讓董香覺得坐立不安。如果這個情形也在芳村的計算之中，那他就太惡劣了。董香假裝平靜，喝了一口咖啡。

「……四方已經把屍體處理好了，但要是繼續發生這種事，可能會被〔CCG〕盯上。」

芳村果然還是芳村，劈頭就正中紅心。「真囉唆。」董香手裡拿著咖啡，將頭撇向另外一邊去。

「他們有一種技術，可以從赫子的痕跡來鎖定『喰種』。要是採取太顯眼的行動，一定會被查到。這並不是只針對妳一個人的問題，絢都也一樣——……」

說到這裡，店門口的掛鈴響了起來，似乎有顧客進來了，而且還是人類。

這裡禁止在人前談論會被發現是「喰種」的話題。芳村若無其事地回到手邊的工作，董香也閉上嘴。

接下來，人類顧客一個一個陸續上門。絢都擺明不想靠近「安定區」，原因肯定就出在這個環境吧。「喰種」開的店卻接待「人類」顧客。雖然時間不長，但「喰種」和「人類」確實在這裡實現共存。絢都似乎對這件事感到非常不爽。

「……絢都儘管還年輕，卻已經擁有強大的力量。我擔心那股力量會讓他走上錯誤的方向。」

芳村用人類聽不見的音量低聲說道。

「什麼叫作錯誤的方向？」

「擁有力量，同時也會失去很多東西。」

芳村一直在重複曖昧的說詞，董香愈聽愈不耐煩，粗魯地將杯子往盤子上一擺。

「董香。」

她就這麼頭也不回走出店門，臨去之際還隱約聽見芳村的嘆息聲。

晴空萬里，街上行人來來往往，到處洋溢著滿滿的朝氣，但是董香的心情卻很沉悶。

「……回去好了。」

董香一邊走一邊喃喃自語著，但還是數度停下腳步。她望向自己映照在路旁店家玻璃窗上的臉，覺得表情看起來相當凝重。她不想帶著這樣的神情回家。

董香確認四下無人之後，將圍牆和低矮的屋簷做為踏腳石，一路奔上附近公寓的頂樓。這個地方視野良好，風也比地面上還要強，董香的黑髮不斷飄動。

在心情恢復之前就先待在這裡吧。董香往頂樓的邊緣一坐，抱著膝蓋閉起眼睛。

「……？」

董香聽到一陣不知道從哪裡傳來的哭聲。一開始原本打算無視，可是聲音實在持續太久，她不禁豎起耳朵。聲音似乎來自這棟公寓的下方。董香探頭往下看，想尋找哭聲的主人。

「小孩……」

有個五歲左右的男童坐在地上嗚嗚哭著。董香凝神細聽，他嘴裡好像念著「媽媽」，也許是跟母親走散了。

「搞什麼，小孩的母親到底跑到哪裡去了……」

董香搜尋了男童所在位置的周遭一帶，還是沒發現看似母親的人物。兩旁經過的路人儘管對男童投以疑惑的目光，依然一聲不吭地從他面前走過。男童蜷起小小的身子，低聲哭叫著「媽媽、媽媽」。

不知道為什麼，男童的樣子和從前的絢都重疊在一起。

「……嘖！」

董香惱火地啐了一口，無聲無息地從公寓頂樓一躍而下。她一面心想，跟人類這種生物扯上關係明明沒有什麼好處，一面從男童背後出聲叫喚。

「……發生什麼事了？」

男童渾身一震，驚訝地抬起頭，眼淚似乎也暫時停了下來。

「你媽媽呢？」

董香直截了當地問他母親的所在之處。

「……嗚哇哇哇哇哇哇！」

男童聽到董香的問話，彷彿受到刺激再度放聲大哭。

「喂……！」

這下子周遭的視線全都集中在董香身上。再這麼下去，她可能會引起旁人的懷疑。

「笨、笨蛋！跟我過來！」

董香說完，硬是拉著男童的手離開現場。

走著走著，男童似乎也冷靜下來了。董香牽著他走進附近的公園，兩人各自挑了一個沒人的鞦韆坐上去。男童一看到鞦韆立刻什麼都忘了，開開心心地盪了起來。

「真是的，到底是怎樣……」

乾脆把他丟在這裡，她自己回去算了。這個想法瞬間閃過董香的腦海。

「大姐姐，謝謝妳。」

此時，男童突然開口向董香道謝。

「謝、謝什麼……？」

男童一邊盪著鞦韆，一邊對吃驚的董香說道：「爸爸說過，受到人家的幫助就要說謝謝。」

「我又沒有幫你什麼……」

雖然董香一副結結巴巴的樣子，但男童似乎覺得有道謝就滿足了，繼續渾然忘我地盪著他的鞦韆。

「你爸爸呢？」

剛才提到母親害他嚎啕大哭，這次董香決定試著跟他聊聊父親的事。「在工作！」

男童精神飽滿地回答。原來如此，董香心想。但男孩一說完，突然像顆洩了氣的皮球，無精打采地停下鞦韆。

「我要是不回托兒所，爸爸會很頭痛的。」

「托兒所……？」

難不成這孩子是自己偷偷跑出來的？

「那就快點回去啊。」

「……」

男童維持沉默，撿起落在腳邊的小石子，朝著公園外頭扔去，感覺像在鬧什麼脾氣。

最快的解決方式應該是把他帶去派出所。只是，如果董香是個人類，依她的年齡，現在應該待在學校才對。要是把男童帶去派出所，說不定不只是男童，連董香都會被警察質問「怎麼沒去上學」之類的。她感到頭痛不已，再次後悔不該插手管閒事。

「翔太！翔太！」

此時突然傳來喊叫聲。定眼一看，有位穿西裝的男性往他們這裡跑過來。

「爸爸！」

被喚作翔太的男童一口氣從鞦韆上跳下來，往對方那裡奔去。看來那位男性就是他的父親。他握起拳頭，對著跑向自己的兒子頭上就是一個爆栗。

「害我擔心死了！」

「嗚嗚~對不起！」

事情算是解決了吧，那麼這裡也不需要自己了。董香正打算默默離開，不過那位父親反應更快，視線立刻捕捉到董香。

「請問是妳在這裡陪著我兒子嗎？」

「沒、沒有啊……」

父親對著支支吾吾的董香微笑說道：「這孩子自己從托兒所裡頭溜出來，我急得到處找他，真謝謝妳。」

「……他好像在找母親的樣子。」

這位父親看起來和董香的爸爸像是同年代的人，讓她覺得有些懷念，因此董香才親切地把這件事告訴他，但男童一聽立刻神情大變。

「我才沒有！妳不要在那裡亂說話！笨蛋！」

董香剛才還這麼照顧男童，他現在卻大聲嚷嚷著：「那個大姐姐在說謊！」董香聽了整個人愣在原地。偏偏那位父親還回應「真的嗎？」彷彿同意似地輕撫兒子的背，這下子她成了壞人。

正當董香想怒喝別開玩笑了！父親只說句「不好意思，謝謝妳」，口頭道謝完便抱起男童離開公園。

「……那是怎樣！」

一個人被留在原地的董香忿忿不平地低語。難得自己大發慈悲出手幫忙，對方卻是那種態度。那個男童一定是被他的父母給寵壞了。

早知道會變成這樣就不該跟他們扯上關係。董香煩躁地踢著沙子，離開公園。

三

就在距離那件事剛好一星期之後，董香再次前往「安定區」喝咖啡。雖然她一樣先跟絢都打了招呼，但對方只扔下一句「不要每次出門都跑來跟我報告。我沒興趣知道」就結束了。

每次絢都不說一聲就出門，等了很久都不見他回來時，董香就會擔心是不是出了什麼事。她覺得絢都應該也會在意，所以才把去處告訴他，但看來並不是這樣。兩人態度上的差別讓董香感到心痛。

如果他們是人類，平常生活就不用煩惱這些事了。她抬起頭，有兩個看起來像是高中生的男孩子肩並肩從她面前走過。

「我之前買的CD歌詞寫得超好！你也聽一下啦！」

「全美排行榜第一名的西洋音樂來著？」

「沒錯沒錯！要是你聽不懂英文，我可以在旁邊唱我翻譯的歌詞給你聽！」

「呃，是不需要這樣……」

他們想必都過著什麼煩惱也沒有的順遂生活吧。肯定不曾感受過任何生存的艱辛。這讓董香打從心裡感到憎惡，但某種層面上又很羨慕。

「咦？妳是……」

就在董香百感交集時，突然聽見有人在叫她。回頭一看，是個身穿西裝，看似剛下班的男人。董香覺得自己好像看過他，瞬間靈光一閃，回想起他就是之前那位哭泣男童的父親。

「……」

想起來的同時，她立刻心生戒備。因為她暗忖，這位對兒子的說詞毫不起疑的父親，可能會來跟她講些有的沒的。

但是父親一點敵意都沒有，對她展顏一笑。

「之前給妳添麻煩了，真是不好意思。我從托兒所那裡接到通知，知道翔太偷溜出去之後，就和老師一起到處找人。妳陪翔太待在公園裡真是幫了我大忙。」

對話到此打住，其實接下來只要互相道聲再見就可以結束了，但男童的父親卻突然轉了話題。

「請問……翔太那時候是在叫媽媽嗎？」

雖然董香心裡還是不信任對方，但是單方面被誤解，她又吞不下這口氣。

「他一邊哭，一邊滿口媽媽、媽媽叫個不停。」

堇香冷淡地回答，男童的父親聽了喃喃自語：「這樣啊……」彷彿在苦思什麼似地垂下頭。他表現出的態度跟男童在場的時候不太一樣。

「雖然那孩子在我面前什麼都沒說，但他果然還是覺得寂寞啊……」

意味深長的話語讓堇香蹙起眉頭，對方見狀立刻擠出開朗的表情。

「其實我妻子在半年前過世了。」

「……咦？」

「那孩子在我面前總是表現得很好，但是在托兒所卻出現愈來愈多的問題行為。例如像上次一樣偷跑出來，或是跟同學吵架……他似乎很討厭在托兒所聽到有關『母親』的話題。」

堇香原本以為男童是在家人的疼愛下，過著無憂無慮的生活。這意想不到的說明，讓她回想起男童一邊哭泣，一邊喊著媽媽的樣子，胸口不禁刺痛了一下。因為堇香一開始看見哭泣的男童時，雖然是將他和絢都小時候的樣子重疊在一起，但突然之間，她也在男童身上看見自己的影子。

堇香失去母親的時候，也像他一樣哭個不停。當時也是爸爸來安慰自己。

「但是，不管發生什麼事，他都一定會去托兒所。」

父親難受地瞇起眼睛。

「那孩子為了不讓出門工作的我傷腦筋，為了讓自己看起來『若無其事』，他用自己的方式忍耐、戰鬥著……」

所以當董香將男童哭著呼喊媽媽的事告訴他父親時，他之所以那麼生氣，就是怕爸爸擔心嗎？

「……啊，不好意思，跟妳說這些事情……不過我真的很謝謝妳，妳真善良。」

最後的最後，出現這句董香不習慣從他人口中聽見的話，她不禁猛然抬起頭。男童的父親沒察覺到董香的異狀，確認手錶之後臉上浮現焦慮的神情。

「糟糕，明明說過今天會早點去接他還遲到。不好意思，我得先告辭了，謝謝妳。」

說完，他便急急忙忙趕著去接兒子了。董香愣在原地好一會兒，無法動彈。

所以她才沒有發現……

董香走進「安定區」的大門，剛才發生的事和那位父親說的話依舊在她腦海裡盤旋不去。進了門，一向鮮少露面的四方蓮示就站在她眼前。芳村這個人，不管董香說什麼，大部分的情況都能夠包容，但四方不同，他光是站在那裡就散發出令人不安的緊張感。一想到自己和絢都最近到處鬧事，最後八成都是由四方收拾殘局，她就覺得有點尷尬。

不出所料，四方果然定定盯著自己，董香心情惡劣地轉過臉。

但四方的視線卻穿過董香，望向她身後。

「……？」

四方默默地從董香身旁越過，打開店門。嚴厲的視線左右來回掃過之後，他說道：

「……妳被跟蹤了，董香。」

「咦！」

董香慌慌張張地集中精神探查四周，察覺到一股有人逃走的氣息。從身手來看應該是「喰種」。

「我們正好談到這件事。」

芳村收起一貫溫和的態度，嚴肅地看著董香。

「之前妳和絢都殺了一個『喰種』，他的同伴似乎想對你們展開報復。」

經芳村這麼一說，董香想起那個「喰種」說過，他是掌管這一帶的幫派——「二丸」的幹部。雖說20區是「安定區」的地盤，但還是有不少成群結黨，獨自行動的「喰種」。那個被殺的傢伙大概也是其中之一吧。

「絢都好像已經擊潰不少人了。」

「絢都嗎？」

董香從來沒聽絢都提過，他也不曾露出任何端倪。可是，四方不是一個會說謊或是隨便開玩笑的男人。看來在董香不知道的地方，發生了很多的事情。

「……妳太疏於防備了。」

聽見四方的責難，董香一下子血氣上衝。

「我又沒有——……」

「不必找藉口。」

四方堵住董香的辯解，丟下一句「這是你們自己埋下的種子」便走出咖啡廳。雖然四方話少，卻讓她有種受到嚴厲批判的感覺。董香狠狠一拳揍向店裡的牆壁，發洩自己被單方面教訓的忿恨。

「董香。」

「囉唆死了！」

董香像在遷怒一樣大吼大叫，飛也似地衝出店門口。

「……可惡！」

不必他們嘮叨，她也能靠自己的力量解決和戰鬥。

探了探四周，遠處有股隱隱約約的殺氣，簡直就在呼喚她似的。董香刻意順著對方的意思，往那個方向飛奔而去。

不過，她心裡突然湧起不安。戰鬥是永不間斷的連鎖，一次又一次找上門的麻煩。這種事情究竟要持續到何年何月？

不，現在不是思考這些問題的時候。正當董香將全副精力都集中在五感上時，耳邊傳來交錯的雜音。

並不是那群盯上自己的人。

「不會吧！」

董香停下腳步，她聽見一個討人厭的聲音，當下整張臉皺成一團。

「……爸爸！爸爸！」

聲音的主人就是那位男童。他大概又從托兒所偷跑出來了，嘴裡一面喊著爸爸，到處跑來跑去。不過跟他之前哭著想媽媽的時候不太一樣，董香感覺到他散發出來的著急。

但董香選擇背過身去，無視男童的存在。因為儘管他那樣哭著、喊著，終究還是有一位可以理解他、守護他的父親。

可是董香不一樣，為了保護自己，她非得戰鬥不可，還得賭上性命去守護重要的事物。而現在，她必須打倒似乎想對他們兩姊弟下手的「喰種」。

男童的聲音愈來愈遠，漸漸聽不見了。

結果，太陽下山了，來到利於「喰種」活動的時間帶。董香站在自己的喰場上，她感覺到這裡散發出不自然的氣息。想必對方是故意在她的喰場上作亂，藉此挑釁。

董香絲毫不敢放鬆警戒，小心翼翼前進，走進人煙稀少的暗巷，打算逮住對方。
某個人，就在前方——
「……妳就是霧島吧？」
但是，聲音卻從後方響起。董香回頭一看，一個體格壯碩的男人擋在那裡。他的同伴隨著剛才那聲暗號，紛紛從陰影處現身，一共有四個人。他們將董香團團包圍，想合力夾擊她。
「……在我身邊轉來轉去的就是你？」
「沒錯。同伴要是被幹掉了，必定血債血還……這就是『二丸』的規矩。」
男人再次強調那個「喰種」也曾說過的組織名稱，臉上露出自豪的神情。他大概不覺得自己會輸給單打獨鬥的纖瘦少女吧。
不過董香冷靜地打量完四周，揚起嘴角。
「這麼沒種。」
「什麼!?」這句話讓在場的男人太陽穴全都冒出青筋。
「你們決定要結夥圍攻的當下，就等於是昭告自己很弱了。」

「妳有沒有搞清楚現在的狀況啊！」

「就是有幾個蠢蛋特地上門來找死。」

「……閉嘴！妳這個死小鬼——!!」

男人們被董香的話激怒，匯聚起赫子。看起來像是老大的傢伙使用甲赫，跟他魁梧的身材很相配。對於攻擊力較低的羽赫來說，甲赫是相剋的赫子，但對方只會傻乎乎地向前衝，所以她可以輕易閃避。擋在董香背後的巨漢消失了，原本計畫好的夾擊沒兩下子就宣告失效。

「說起來——」

董香的眼瞳染上赤紅，將力量集中在背部。大量湧出的赫子撕裂她的衣服，瞬間張開成一對翅膀。

「只有笨蛋會在這麼狹窄的地方成群結隊吧。」

實在太過滑稽了，簡直引人發笑。

由於場地窄小，董香直接讓這群沿著巷道排排站的男人，沐浴在她的羽赫之刃下。巷子兩邊都是高樓大廈，根本無處可逃，擺明是最好的靶子。

「啊啊啊啊啊啊啊啊啊!!」

離董香最近的巨漢全身上下都遭受到攻擊，搖搖欲墜。

「真遜。」

董香使勁驅使赫子之羽，一口氣拉近自己和巨漢之間的距離，並且砍掉他一隻腳。粗壯的斷腿在空中不住旋轉，最後掉落地面。

「啊啊啊啊啊──……!!」

失去支撐的龐大身軀轟然倒下，喪失原本應該在那裡的東西引發他的恐慌，身旁的同伴見狀也受到相當大的打擊。

董香暫且先拉開距離，準備用羽赫之刃進行遠距離攻擊。另外三個男人一致都是尾赫。尾赫不像甲赫，可以撐得住羽赫的攻擊，而且一旦有了距離，想攻擊董香也不是那麼容易的事。

「太、太卑鄙了!」

「啊?卑鄙的是誰?」

董香嘲笑他們，明明找人圍堵她還一副得意洋洋的樣子，其中一個人聽了氣不過，往前一躍而出。

「嗯，很遺憾。」

董香將羽赫的攻擊集中在一點上，把所有的子彈都往男人身上發射。即便如此，男人還是硬生生往前邁進，揮舞著他的尾赫，因此董香往牆上一踢，高高跳起，藉著落地的衝勢將那個男人一分為二。

「……下一個換誰？」

現在情勢已經徹底偏向董香。雙方的實力有壓倒性的差距。

「打、打不下去了！」

剩下的其中一人轉身打算逃跑。世上沒有什麼比喪志的人更加脆弱。董香簡簡單單一拳揮向男人的軀體。

「噗哇！」

男人的臉狠狠撞上牆壁，鼻子應聲而斷，看來已經完全失去意識，身體軟趴趴地沿著牆壁滑落。

這下子只剩一個人。

「只要再幹掉你就結束了。」

僅剩的那個男人嚇得動彈不得，看起來早已失去戰意。想必不到一分鐘就能解決掉了。

但就在此時，男人突然大叫：

「我、我這裡可是有人質的哦！」

董香一聽，下意識停住腳步。人質。她腦海中第一個浮現的人影就是絢都。男人見董香停下動作，大概以為這下子或許能逆轉情勢，他大喊：「我現在就帶人質給妳看！」接著就拉出他預先藏在前方陰影下的人質。

見到人質之後，董香得到的是另一個衝擊。

對方拉出來的人質並不是絢都，而是穿著西裝的中年男性，那位男童的父親。他可能遭到那群「喰種」的暴行，一張臉鼻青臉腫，衣服上到處是斑斑血跡，人已經昏倒了。他的狀態相當危險，要是不馬上送醫治療就會喪命。

「為什麼要抓那傢伙……」

「除了家人和『安定區』那群傢伙以外，從來不跟別人有任何交流的妳，和人類在一起的時候表情倒是挺溫和的嘛！我就知道這其中一定有問題！」

看來這群人打從一個星期前就開始在監視董香，所以也察覺到這對親子的存在。

「本來是想把父子兩個都一起抓過來，但是這傢伙讓小鬼逃走了！不過現在看來，只抓到這個男人似乎也有效果……！」

如同對方所說，董香的心劇烈動搖了。因為她從未想過自己的事會牽連到這對親子。而另一個浮現出來的選項，讓董香的額頭滲出涔涔汗水。

「當我向這傢伙逼問妳的事，他很堅持『什麼都不知道』呢！聽了都要感動到痛哭流涕了，不過是卑賤的人類！妳給我聽好了，乖乖待在那裡別動！我這就回去找人來宰了妳！洗好脖子等著吧！」

男人說完便把男童的父親當成盾牌，打算逃走。董香的心跳愈來愈急促。為了讓身為「喰種」的董香能夠存活下來，她該做出的選擇，就是把眼前的「喰種」連同男童的父親一起殺掉——

「老姊，妳在搞什麼？」

此時，熟悉的聲音響起。董香朝著聲音的方向一看，是疑惑的絢都。

「絢都……」

就在董香開口叫喚的同時，絢都揚起赫子之羽。他切開強風向前急奔，往男人逼近。絢都的赫子發出啪嘰啪嘰的聲音，開始硬化。

「絢都，等——……」

董香明明知道非得這麼做不可，但還是下意識出聲阻止。但是她的聲音並沒有傳

到絢都耳裡。

「砰！」

隨著聲響，一陣像冰柱般粗大、如礦石般堅硬的子彈紛紛往男人身上落下。絢都的赫子不僅貫穿了襲擊董香的男人，連男童的父親也不放過。董香屏住呼吸。

「……這種雜碎打起來真沒意思。」

絢都一腳踹向自己殺掉的喰種，一邊說著。

「這個人類到底是誰啊？」

「住手！」董香厲聲大喊，阻止同樣打算將男童的父親一腳踢飛的絢都。

「啊？」

「……食物會髒掉。」

「也是。」

絢都大概接受董香的說詞，他放下自己的腳，轉而看向董香殺掉的「喰種」。

「我是感覺到有趣的氣息才特地過來，結果卻是這樣，真無聊。」

他已經完全失去興趣，轉身往兩人住的公寓走去。

被留下來的董香深深看著男童的父親。

「……!?」

這時候，原本以為已經死掉的他，突然抖動了一下。

「他還、活著……」

或許是將他拿來當擋箭牌的「喰種」，反倒成了他的盾牌，減弱絢都赫子的威力也不一定。

但這下子，董香就必須做出決斷不可。

這位父親應該已經聽到董香是「喰種」的事了。既然祕密被他發現，那麼就不能讓他活著，一定得滅口。

董香咬住嘴脣，打算將手伸向男童的父親。

——……爸爸！爸爸！

但是，男童的叫聲，以及他邊哭邊在街上奔跑的畫面再次浮現。現在回想起來，他當時應該是在尋找被擄走的父親。

已經失去母親的男童，即將又要失去父親，簡直和董香的遭遇一模一樣。

「……唔。」

董香縮回已經伸出去的手，摀住自己的耳朵。新消失的那一天，董香當時內心的驚惶和痛苦在腦海中不斷閃過，和男童的樣子重疊在一起，令她感到害怕。

董香往後退了一步。

儘管絢都的攻擊並沒有給男童的父親帶來致命傷，但他依然處於瀕危的狀態。這裡是人煙罕至的巷道，天亮之前大概都不會有人經過。就算自己不下手，只要放置不理，他也會自行死去。

這是一個無情又殘酷的抉擇，不過——

要是在這種狀況下，他還奇蹟似地獲救，那就好好活著吧。

就算董香因此而惹禍上身，這次的事也不會是唯一的原因，而是一直以來都身處於「喰種」世界裡的她所招致的結果。

董香踏出步伐，打算離開現場。

「……」

她的腳尖踢到的石頭，發出喀啦喀啦的聲音滾動著。董香低頭看著那顆石頭，默默撿起來，往前方大馬路的方向奮力扔出去。石頭在地上彈跳著，製造出聲響。而這次，她真的頭也不回地離開了。

四

那件事之後，董香的生活並沒有發生任何變化。她猜想那位父親大概沒有得救。要是他撿回一條命，應該會把發生在自己身上的事告訴〔CCG〕，而得到情報的搜查官就會出現在董香的行動範圍一帶。

董香讓那個男童嘗到失去父親的痛苦，男童一定很怨恨她吧。就像當年遭人密告，從此開始憎恨人類的絢都。

董香心中懷著無法消化的思緒，在街上漫無目的地走著。明明想趕緊把這件事忘了，但她愈是這麼希望就愈是無法忘懷。

就在這個時候，董香聽到小孩子嬉鬧的聲音，不禁往聲音的來源望去。公園裡頭有幾個年約四、五歲的小朋友正開開心心玩著。她下意識在那群孩子當中尋找男童的影子。回過神來之後，董香對自己的行為感到震驚，正打算離開時，公園裡幾個母親的對話傳進她的耳裡。

「翔太家這次真的好慘。」

董香停下腳步。因為那位男童的名字就叫做翔太。雖然同名的人要多少有多少，但她還是莫名在意，連忙側耳傾聽母親們的對話。

「是啊，不過翔太真的很了不起。」

「就是說呀，因為他找到倒在路上的爸爸。」

——找到倒在路上的爸爸？

董香的身子因為驚訝而顫抖，她雙手緊緊按著胸口，想止住不斷狂跳的心臟。那天夜裡發生的事，瞬間在董香心中重新復甦。

陰暗的巷子裡，男童的父親倒臥在地。而在那裡——

「翔太說是有人告訴他爸爸在哪裡，什麼有石頭飛出來之類的。」

「也不知道哪些是真的，哪些是假的。不過現在他爸爸的身體狀況愈來愈好，真替他高興。」

董香彷彿看見男童察覺她扔出去的石頭，一路往巷子裡狂奔的樣子。

複雜的感受像浪潮般上下起伏，無法整理思緒的她悄聲念道：

「……真厲害。」

一個年紀這麼小、不可靠、比董香還要弱上不知幾百倍的人類小孩，一邊哭一邊四處奔走尋找父親的下落，不曾放棄，最後竟然真的找到父親，還救了父親一條命。

董香一向認定「喰種」和人類不同，堅決排斥人類，更別說認同他們。但現在她明白，「喰種」和人類對父母的愛都是一樣的，他們確實有共通的部分。

但另一方面董香也不解，如果男童的父親身體情況真的漸漸好轉，為什麼沒有把她的事告訴〔ＣＣＧ〕？是想避免麻煩，還是有其他理由呢？

已知的事實和未知的疑惑混雜在一起，不管怎麼思考也得不到答案。從前跟人類一起生活的父親——新的眼中就是這樣的風景嗎？如果好好了解人類，她也能看見父親眼中所見的事物嗎？

好奇心逐漸湧起，只是她沒有管道可以了解人類——原本應該是這樣的。

「董香，妳想不想去上學？」

芳村提起這件事，是在董香和出名的怪胎「美食家」月山習交戰過後。這個提案對董香而言太過唐突，但芳村似乎很早以前就在考量這件事了。他表示會負擔入學的費用，還會幫忙申請文件、協助她念書。

「……別去啦，太可疑了。」與人類保持距離的絢都持反對意見。以「喰種」的立場來看，或許絢都所言才是正確的生存之道。

但是，不管他們再怎麼刻意避開，哪個地方沒有人類？而且，董香他們也在人類構築的社會中生活。既然如此，有時配合人類、順應社會生活，反倒對自身有所助益不是嗎？而且董香很想去認識人類和這個世界。

總有一天，絢都一定也會明白的。董香心中抱著淡淡的期待，套上制服的袖子。

全然不知，今後她將體驗到只待在「喰種」的世界就無法感受的喜悅，以及選擇留在「喰種」的世界便絕對不會嘗到的苦楚。

「絢都，你聽我說。學校真是個奇怪的地方，依子她……」

#002 孤讀

東京【往日】喰種

TOKYO GHOUL

心地善良的人光是這樣就很幸福了。母親的話言猶在耳。

一

鬧鐘尖銳的聲音在耳邊響起。他立刻關掉鬧鈴，迅速從床上坐起。清晨的陽光已經從窗簾的縫隙間投射進來，但家中還是一片靜悄悄，感覺不到有人已經醒了。他鬆了一口氣，走到洗臉台前快手快腳梳洗完畢。一回到房間，他便再次安心地輕輕吐氣，因為途中都沒有和任何人打到照面。

金木研，今年就讀高中二年級。他住進這棟房子——自己阿姨的家，淺岡家已經相當多年了。照理說應該早已融入他們，但這個家的氣氛並不允許這種事發生。這個情況大概一輩子都不會改變吧。

金木穿上學校的制服，從書架上挑選喜歡的書本放進書包裡。這個時候，家裡開始出現聲響，似乎是阿姨起床了。金木一邊聽著她準備早餐以及催促大家起床的聲音，一邊走出房間。

雖然距離上學時間還太早，不過學校已經開門了。金木屏住氣息通過廚房時，看見阿姨的身影。桌子上擺了三人份的早餐。分別是阿姨、姨丈以及阿姨的兒子——優一的餐點，並沒有金木的份。這個家中沒有金木的立足之地。

金木走過廚房，在玄關穿上鞋子，一心只想趕快離開這個家。

「真是的，到底要睡到什麼時候……」

但他的運氣不好，嘴裡喃喃抱怨的阿姨恰巧來到走廊上。他下意識回頭看，兩人的視線就這麼對上了。

阿姨不像金木渾身緊繃，只是淡淡撇過頭，一面大聲喊著「優一！優一！」，自顧自往裡頭走去。金木緊咬著脣，鞋子還來不及穿好，就這麼踩著後跟出門了。

金木四歲的時候失去父親，母親也在他十歲的時候去世了。自此之後，他就住在母親的姊姊家，接受她的照顧。

在一個沒有他立足之地的家。

將胸口如針扎般的疼痛歸咎於是自己的問題，這樣還比較落得輕鬆。

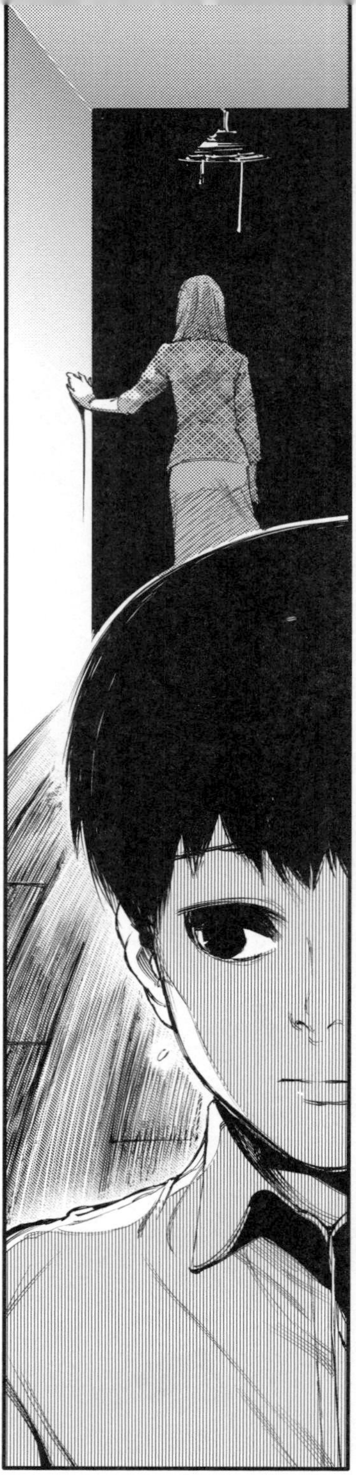

到了學校，教室裡一個人也沒有，讓他的心情開闊了起來。金木稍微打開教室的窗戶，大口咬著在便利商店買的麵包，開始讀起從家裡帶出來的書。這是父親以前在看的讀物。過世的父親似乎很愛閱讀，金木房間裡的書架上，排滿了等同是父親遺物的書本。

不知道過了多久的時間，強勁的風從開啟約十公分左右的窗戶吹進來，擅自翻動著書頁。金木的視線順著風的軌跡望去，教室裡的同學已經圍成各自的小圈圈，開心打鬧著。不知不覺大家都來上學了。愉快的氣氛帶給金木一股奇妙的壓迫感，他抬頭看著教室的時鐘，距離早上的班會還有一段時間。有種愈來愈難以喘息的感覺。

「金木～喂～金木～！」

一道朝氣十足的聲音喚著金木的名字。他迅速抬起頭，眼前是無時無刻都開朗過頭的友人——永近英良。英和經常一個人靜靜讀書的金木不同，他是一個生性豁達，富社交能力，無法老老實實坐在位子上的類型。英背著書包、手上拿著雜誌，往金木的方向衝過來。

「怎麼了？」

「還問我怎麼了，這個週末，我最喜歡的那張ＣＤ終於要在日本發售了！我整個人興奮到停不下來！」

「喔，你是說那位國外的音樂人嗎？」

砰！一聲擺在桌上的，是一本讓男生有點不好意思拿在手上的女性時尚雜誌。雖然金木不知道英為什麼要看這種雜誌，不過上頭好像有他喜歡的那位音樂人特輯。「你快看看！」英翻到特輯那一頁往金木眼前推，幾乎快砸到他的鼻子。

「真是的，你先冷靜一點。」

金木的身子往後傾，從英手上接過那本雜誌，重新審視翻開的頁面。音樂人的報導比想像中篇幅還小，讓他覺得有點掃興。英雖然是個不拘小節的人，不過一旦迷上什麼東西就會一頭栽下去，連像這樣綠豆大的情報也會收集起來。

「順道一提，前面那頁三明治派對特輯的小遊很可愛喔！」

「你連那種東西都看啊……三明治派對是什麼玩意？」

真是滴水不漏。金木不禁苦笑。「所以，」英接著說下去。

「發售日當天，我想跑到遠一點的地方去買。暫且先把目標鎖定在20區的商店街。」

「這附近沒有在賣嗎？」

「附贈海報的店家很少！既然要買，當然要買附特典的吧！機會難得，你要不要一起去？陪陪我嘛！」

「好啊。」金木立刻回答。假日就算待在淺岡家，也只會讓人疲倦而已。早上看阿姨那冷淡的態度，金木更加感激英的邀請。

「發生什麼事了嗎？」

一句過於唐突的問話向金木投來。

「咦？」

「沒有啊，就隨口問問。」

英起疑的視線讓金木覺得不太舒服，他一邊摩擦下巴一邊答道：「我很好，沒事。」

「這樣啊。那就約週末囉！你在那之前要好好預習！」

不只是攤開在桌上的雜誌，英還從書包裡拿出其他雜誌，全部推給金木。

「等等、好多……！」

而且很不巧，老師剛好在這個時候走進教室。抬頭看看時鐘，已經是開班會的時間了。看來他忙著跟英聊天，不知不覺就忘了時間。

金木突然想起一句話，出自太宰治的著作《如是我聞》。

——平常不看書，就是一個人並不孤獨的證據。

當金木看到這句話的時候渾身一震，姑且不論太宰治寫下這句話是出於什麼意圖，他只覺得自己看書的理由被人狠狠一語道破。想到自己和英聊天的時候，時間一轉眼就過去了，太宰治那句話的色彩顯得更加濃烈。

但是，書本上的知識和經驗，也是金木生存的糧食。書本也是他無可替代的朋友。

總之，他必須在週末之前先把英交給自己的雜誌全都讀完才行。金木一邊思考著，一邊聆聽台上老師說話。

放學之後，英覺得關於音樂人的話題，剛才還聊得不夠盡興，硬是把金木拉到速食店。但是，英只有在一開始的時候稍微提到音樂人而已，後來就天南地北隨便亂聊。就在他滔滔不絕的話題當中，太陽下山了，金木回到淺岡家的時間比平常還晚。

雖然跟英聊天的時候心情輕鬆了不少，但一到家門口，那份緊張感又重新甦醒。他輕拍著胸口先讓自己冷靜下來，一推開大門，就聽見客廳傳來電視的聲音。大概是阿姨在看電視吧。金木加快腳步進門，想趁機回到自己的房間。但是他的視線無意間看到廚房裡的冰箱。然後，他便停了下來。

那台冰箱，是阿姨用金木的媽媽所賺的錢買來的。他回想起母親不眠不休工作的樣子。她不得不這麼做的理由，跟阿姨一家人也有關係。因為阿姨老是找藉口向母親要錢。不光只是這樣而已。阿姨的丈夫欠債辭職的時候，不知道為什麼母親也得負擔起那筆債務，使得她不得不更加努力工作。而母親的死因是過勞。

小時候，金木總以為阿姨的生活過得不好，但實際上又是如何？

阿姨的家是兩層樓的透天。客廳裡有台大電視，還有一組優雅的白色沙發，就連觀葉植物也一應俱全。那台大冰箱裡頭塞滿了各式各樣的食物。比起母子二人省吃儉用的生活，老是跟母親要錢的阿姨反倒過得更優渥。

一想到這裡，金木心中那團無法消除的陰霾又擴散開來。

「……呼。」

金木屏住氣息，扼殺那股油然而生的情緒。

母親說過，與其傷害別人，寧可要他當個被傷害的人。她教導金木，心地善良的人光是這樣就很幸福了。就如同這句話，母親不管再怎麼辛苦，臉上也總是掛著幸福的笑容不是嗎？金木很尊敬母親，所以他想好好珍惜母親留下的教誨。金木將快要萌芽的黑暗情感摘去，重新整理好心情抬起頭。

「……啊！」

阿姨就站在他面前。

金木大吃一驚，心臟彷彿被揪住一般，不禁往後退了一步。

剛才聽見的電視聲已經消失。阿姨應該是在離開客廳打算去洗澡的時候，發現金木回來了。儘管有一股想拔腿就跑的衝動，金木還是無法假裝沒看到阿姨，自顧自離開。他拚命在腦海裡搜尋話題，塞滿雜誌的沉重書包讓他想起英的樣子。

「那、那個，這個週末，我要和永近一起出——」

這是他鼓起勇氣擠出的話語。但是，阿姨在他說完之前就已經背對他離開了。

「啊……」

金木被獨自留下，聲音從他半開半合的嘴裡洩漏出來。

「什麼無關緊要的小事都要一件一件報告，這點跟妹妹還真是一模一樣。」

阿姨回過頭，用一種看待髒東西的眼神丟下這句話之後，進入浴室。金木呆呆站在原地，書包從他的肩上滑落，咚一聲掉到地上。他的胸口就像被狠狠輾過一樣疼痛不已。

二

儘管金木很擔心自己會不會遲到，不過到達的時候倒是比約定時間要來得早，於是他從包包裡拿出文庫本開始閱讀。

「喔！你已經到了喔，金木。」

才看沒幾頁，就聽見難得比預定時間早到的英出聲叫他。

「你也很早啊。」

「因為我等這天已經等得不耐煩了！金木，你有好好把雜誌看完嗎？」

金木對著興奮不已的英點頭。

「看了看了，看了好幾次。所以我打算今天就還給你。」

「等一下！這個時間點還書給我，我不就要背很重的東西逛街了嗎！」

「……我也這麼想，所以沒把書帶過來。」

聽見金木的回答，英大聲誇獎：「真不愧是金木！」看來自己的判斷沒有錯，金木安心地將文庫本收起來，站起身子。

接著兩人一起改搭電車，進入英想去的唱片行。

「這裡的東西還是一樣很齊全。」

「沒錯吧！」

金木有時候會跟英一起來這間店，雖然店面不大，但販售的ＣＤ種類繁多。可以感覺到店家對音樂人的熱情，是一間非常棒的店。

英一口氣往他想買的ＣＤ衝去。

「唔喔喔喔！終於拿到手了——！」

金木看著因為拿到ＣＤ和特典海報而興奮不已的英，偷偷感到羨慕。英是個喜怒哀樂分明的人，感覺很享受生活。要是金木的個性跟英一樣，說不定比較好。

「欸——金木，我想拆封了！」

「咦？回家之後再拆吧。」

「我已經等很久、很久了！沒辦法繼續等下去了啦!!」

英像個小孩子一樣耍賴，最後金木沒辦法，被他拖進附近的咖啡廳。英一坐上椅子，還沒點菜就開始拆ＣＤ封膜。無可奈何的金木只好替自己點了咖啡，也替英點了一杯卡布其諾，然後默默看著店內擺放的電視。英從ＣＤ盒中拿出歌詞本，一字一句細細品味著。

「……歌詞有翻成日語嗎？」

「沒，全都是英語。」

正當金木瞇起眼睛，想一探歌詞的時候，方才點的咖啡送來了。英接過卡布其諾後一口氣喝個精光，立刻再度沉浸在歌詞本裡。

「看得懂嗎？」

「嗯～還可以。」

別看英這個樣子，他的英文很好。當初他喜歡上西洋音樂卻無法理解英文歌詞，所以便開始念英文，可說是從興趣中培養出的實力。

金木輕啜一口咖啡，再次拿出文庫本閱讀，不想打擾到英。

「太賺人熱淚了……」

過了一會兒，英按著自己的眼頭。看來他已經翻譯完了。

「歌詞真的寫得那麼好嗎？」

「是寫得很好沒錯，不過我現在感動的是終於拿到手了！」

「居然是這樣……」

金木才在心想，英看起來真的很幸福的樣子，就看見他正在環顧店內，然後發現

店裡頭的電視。

『——……區再次發生疑似與「喰種」有關的事件——』

英聽到新聞，低聲嘀咕著：「又是『喰種』啊？」

這個世界有一種以人類為食，被稱為「喰種」的生物，雖然會聽到相關的情報，但從來沒機會親眼看到他們。

「不是有驅逐『喰種』的專家嗎？那為什麼類似案件還是沒有消失？」

「因為對方超級強吧？還有就是很難找到他們的下落等等。」

「不過，想辦法解決這些問題才叫做專家不是嗎？」

一想到那些被害者的心情，金木就有點憤慨。那種危險的生物要是能早點絕跡就好了。

「或許只是我們不知道而已，說不定其實每天晚上都有身長一百公尺左右的『喰種』和人類這邊的巨大機器人在戰鬥喔！」

英還是像往常自顧自講得興高采烈，完全無視金木的憤慨。

「英，都這把年紀了別看太多特攝片。」

「我現在沒看了啦！以前我還滿……不，應該說超級崇拜才對！機器人之類的很帥不是嗎！」

「是是……」金木笑著敷衍過去。英像在鬧彆扭似地嘟起嘴，不過馬上又接下去說：「那個也一樣啊。」

「那個？」

「叫高槻是不是？你喜歡的作家。」

金木很喜歡閱讀，說起他喜歡的現代作家，高槻泉絕對是遙遙領先的第一名。她擁有壓倒性的寫作能力和纖細的心理描寫，可說是驚悚懸疑界的天才也不為過。

「她的書裡頭不是也會出現怪物嗎？」

「不對，高槻泉是個將人類醜惡的部分描寫得既生動又真實的作家，就算書裡面的人類被稱為怪物，還是跟真正的怪物不……」

「啊啊，夠了夠了！」

才要開始敘述就被打斷。英大概覺得他會滔滔不絕講個沒完吧。「你也看看嘛。」金木勸說。「你喜歡的書都太艱深了，我看不懂啦。」英立刻拒絕。

「漫畫比小說好多了。」

「年輕人都和文字疏離了，真令人嘆息……」

「有什麼好嘆息的，你也是年輕人吧！而且我對漫畫也是很有感情的！以前甚至因為不小心把喜歡的漫畫拿去廢紙回收，還大哭一場呢！」

「會不小心把喜歡的東西拿去廢紙回收，這件事本身就大有問題了。」

「啊~受不了，你很囉唆耶！」

金木一邊和英鬥嘴，一邊抬起頭來看電視。新聞節目的主持人正朗誦著情報，這次的事件可能是「食量相當驚人」的「喰種」所犯下的案子。雖說只要出現被害人，就表示「喰種」是可怕的存在，金木卻有不同的看法。

「看了高槻泉寫的故事之後，我覺得人類的罪孽或許也很深重。」

英用鼻子哼了一聲，手撐著下巴。

之後兩人在咖啡廳內休息了一會兒，回到自己住的地區後，英說道：

「啊，對了，金木，我可以去拿回借你的雜誌嗎？」

「現在嗎？」

「對呀。待會沒別的事，只剩下回家而已，我也很想念小遊。」

「……那才是重點嗎！」

金木嘆了一口氣，和金一起走向淺岡家。

「……金木啊。」

快到家的時候，英隨口跟他聊道。

「你是不是把我借你的雜誌內容全都背起來了？」

「咦……我並沒有這麼做……」

「你這個星期感覺好像很累。」

經英這麼一說，金木才猛然察覺。但他的疲倦並不是因為看雜誌的關係，而是因為被阿姨視若無睹，才讓他的心情一直很憂鬱。

金木不知道該露出什麼表情才好，不禁低下頭。

「你這個人實在太認真啦。要是能再放鬆一點多好。」

英用戲謔的口氣說道。金木對他輕輕地笑了。

「……是啊。」

所以，他也就順著英的話喃喃自語。

「大概是背書太累了……」

累，只不過是把這個字說出口，不知道為什麼就覺得心頭輕鬆許多。或許是將自己藏在心中的事和別人分享，藉此宣洩了壓力的關係。

「那我進去拿雜誌，你在這裡等我一下。」

金木覺得有點不好意思，連忙轉換話題打開淺岡家的大門，就在這個時候發生出乎預料的情況。

「你回來了。」

當金木脫下鞋子打算回房間時，聽見一句平常絕對不會出現的招呼語。他驚訝地抬頭一看，原來是阿姨察覺到他回來了，從客廳走出來。儘管阿姨明顯和以往迥然不同的態度讓金木感到疑惑，但他還是回覆：「我回來了……」

「我把房間收拾過了。」

「咦？」

阿姨面無表情地說完這句話後就回到客廳裡去了。雖然金木不明白她的意思，但還是姑且回了句：「好的。」然後繼續往前走。

難道阿姨願意一改過去的態度，好好對待自己了嗎？真的如同媽媽所說，如果不責備別人，反過來以誠相待的話，總有一天一定能互相理解？

但是，金木實在不覺得會有那麼剛好的事，他懷著忐忑不安的心情打開自己的房門走進去。

「……咦？」

全身血液當場凍結。金木房間裡的書架，原本擺滿他心愛書籍的地方，現在空無一物。

太過令人震驚的事實讓他呆站在原處，一句話也說不出來。他不敢置信地再次望向書架，上頭果然連一本書都沒留下。腦子還沒理解眼前的狀況，身體已經開始劇烈顫抖，涔涔的汗水像瀑布一樣從金木的額頭上流下來。

「為什麼……」

金木整個人彈了起來，他把手伸進房間每個角落，低頭搜索桌子底下，心想會不會是被整理起來收在某個地方，但到處都沒瞧見。

金木此時再度回想起阿姨方才說過的話。

「……阿、阿姨！」

他衝出房間，往阿姨所在的客廳跑過去，只見她厭煩地看著自己。

「我、我的書……」

「拿去廢紙回收了。」

這句話讓金木覺得自己好像被狠狠揍了一拳。心臟跳動的聲音逐漸變大，每一次血液流過就引發劇烈的頭痛。

「因為雜誌從房間掉出來散了一地，所以我就順便一起整理了。你的書太多，我也擔心會在地板上留下痕跡。」

阿姨說完之後，又轉頭回去看她的電視。

「可是那些書很重要……」

「喔？是嗎？那還真是對不起。」

就算金木說話的聲音已經接近崩潰，也無法讓阿姨回過頭來看他一眼。金木的聲音無法傳達給她，不管做什麼都是徒勞無功。

努力像個隱形人般在這個家裡生活的金木，沉痛地瞭解到這個事實，痛得他幾乎要落下淚來。

「……金木？」

英看到走出家門的金木，不禁眉頭一皺。

「你怎麼了？臉色這麼慘白。」

金木擦去額頭上流下的汗水，用沙啞的聲音向英說明情況。

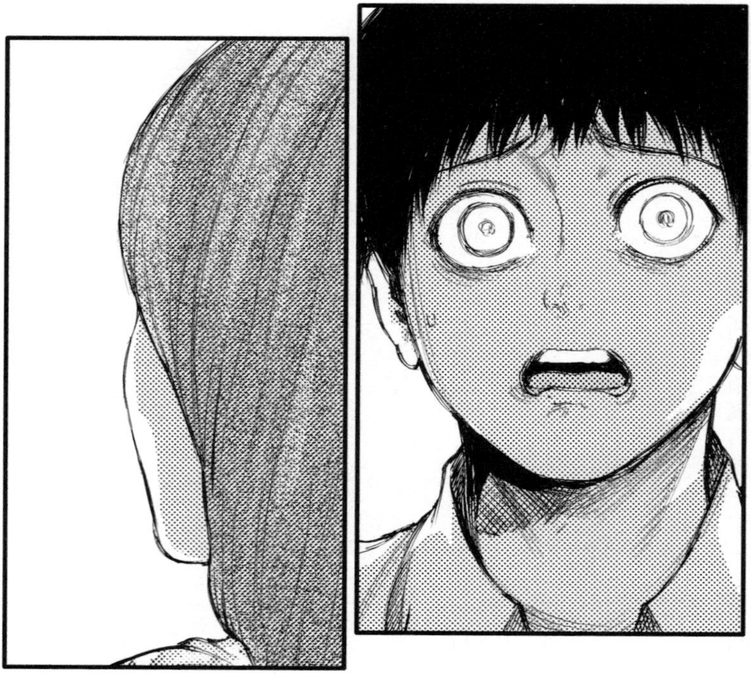

「對、對不起，英。那些雜誌，阿姨不知道是你的，好像拿去廢紙回收了……」

「啊？」

「所以……怎麼辦……那個，我買新的還你好嗎……還買得到嗎？可不可以？對不起，都是我沒有把東西收好。我真的沒想到偏偏在這時候……」

「喂，金木！」

英眼見金木雙眼失去焦距，神情狼狽的樣子，用力抓住金木的肩頭。

「你先冷靜下來！到底發生什麼事了？」

英這麼一問，金木不由得咬緊雙唇。他還無法接受眼前的事實，但還是必須把事情說清楚才行。

「阿、阿姨把我所有的書，全都拿去廢紙回收了。」

「啊？你的書？全部!?為什麼要這樣！」

「抱歉，我會把雜誌賠給你……真的很對不起……」

「那種小事現在不重要啦！你的書該怎麼辦！」

就算英這麼問，金木自己也不知道該如何是好。而且，就在他們思考的時候，書早就已經沒了。再也不會回來了。

「丟都丟了，沒關係。」

要是不這麼想、不這麼說，只會讓英擔無謂的心。

金木拚命地擠出笑容。英見狀抓了抓頭。「金木！」他用堅定的口氣喊出金木的名字。金木用虛無的眼神望著英，英立刻開口質問。

「你真的無所謂嗎！」

金木原本壓抑在心中的感情，在英有別於平常的認真眼神下，全都暴露出來。

——……不要，我不能接受這種事。因為那是非常重要的書。我自己買的書也就算了，但唯有爸爸留下的書，我不能失去。是那些書讓我感受到爸爸的音容，也是那些書治癒了我的孤獨。為什麼我非得遇上這種事不可？我做過什麼對不起阿姨的事嗎？這麼對待我實在是太過分了，好過分、好過分好過分好過分好過分——!!

但是，金木用兩隻手緊緊遮住自己的嘴。

母親溫柔的聲音在此刻浮現。與其傷害別人，寧可當個被傷害的人。

「算了。」

金木笑了笑。

「我無所謂。」

只要他住在淺岡家的一天，就只能接受阿姨無言的支配，除此之外沒有別的辦法。

「沒關係。」

說歸說，心神不寧的金木還是下意識舉起無所適從的手，撫著下巴。他的動作映入英的眼簾。

「……我知道了！」

英堅定地點點頭。他的聲音實在不像是接受、贊同金木的說法。那是一道強而有力，能將金木的不安一掃而空的聲音。

金木還沒理解英口中的「我知道了」是什麼意思，英已經一個箭步越過他。當他回頭時，英已經衝進淺岡家。

「英、英!?」

金木慌慌張張地跟著追進家門，只聽見英大聲喊著「伯母！伯母！」不知道發生什麼事的阿姨一走出來，英立刻迎上去。

「我聽說您把金木的書拿去廢紙回收，真的假的！裡面也有我借他的書耶！」

他大聲嚷嚷。原本阿姨以為那些全都是金木的書，聽他這麼一說不禁有點動搖。

「你的東西也混在裡面了嗎？」

「對呀……！那是我超——重要的書！您真的全都丟掉了嗎？伯母……！」

英過分誇張地大吵大鬧，步步朝著阿姨逼近。

「應該還來得及吧……!?我的『小遊的三明治派對「人家來餵、你、吃」特輯』……!!」

英雙手合十擺出祈禱的姿勢，愈靠愈近。阿姨大概是不想被扯進這團混亂中，悄悄地瞪了金木一眼後回答：「我不知道。」

「那我可得去找找……啊！我想伯母應該也是不小心把金木的書拿去回收，我就順便拿回來囉！」

「……隨你高興。」

勉勉強強回答後，不悅的阿姨便回客廳去了。靠著氣勢獲勝的英，一個人握拳擺出勝利姿勢。

「好，金木，我們走吧！」

英就這麼乘著氣勢衝出淺岡家。

「英、英！我們要去哪裡？」

突如其來的發展讓金木一頭霧水，英回頭對他喊著：

「當然是去找你的書啊！」

「找……我的書……？」

「沒錯！」

英用一副理所當然的表情對他提出的選項，照亮了金木原本以為只能放棄的心。

「可、可是，要去哪裡找……」

「我不是說過了？我以前曾經因為把喜歡的漫畫拿去廢紙回收，結果大哭一場。」

這是他們兩個在咖啡廳裡的對話，他並沒有特別放在心上的小插曲。

「那時候我就查過了。所以我非——常清楚這一帶的書都會集中到什麼地方！」

英自信滿滿地笑著。「好了，快走吧！」他提起腳步開始奔跑。金木也握緊拳頭，跟在他後面。他現在確實感受到，自己的心聲真的傳達給英了。

「……啊，就是那一家吧。我記得他們有在做回收。因為量很多所以我印象很深刻。」

兩人到了回收場，將事情經過和家裡的住址告訴職員後，對方的回應是好像有看過那些書。金木和英面面相覷。

「那應該就在這裡了吧！」

「話是這麼說沒錯，但是小弟弟，這裡有我們從各地回收過來的舊書，所以數量很驚人喔？」

職員說得沒錯，回收場內的書堆積如山，想從裡頭找出金木的書可說是大海撈針。

「金木，你認得出來嗎？」

「我去找找看。」

即便難度很高，但只要想到自己的書就在裡面，金木便湧起希望。他把手伸向眼前的書山，打算挑戰這個艱難的任務。英表示自己認得出借給金木的雜誌，所以也跟著加入找書的行列。

就在太陽下山，第一顆星星開始閃耀著光輝時，方才捲起袖子，連汗都沒擦，一

直默默找書的金木，突然在書堆中看見一本眼熟的女性雜誌。

「這個……」

他慌慌張張地把書抽出來，結果拉出了一疊用膠帶捆起來的雜誌塔。封面上印著國外音樂家幾個字。

「英！是雜誌！我找到你借我的雜誌了！」

「真的假的！」

金木總算暫時安下心，把雜誌遞給英。但英連看都不看一眼，開始奮力在發現雜誌的那一帶找了起來。

「英，雜誌……」

「那種東西不重要啦！既然找到雜誌，就表示你的書也在這附近吧！」

金木突然倒抽一口氣，他看著英翻找的地方，發現自己熟悉的書背。是一疊印著太宰治的書。不僅如此，他仔細看英大肆搜尋的區域，除了太宰治的書之外，還有很多屬於金木的書本。

「我從以前就很擅長尋寶呢！」

英得意洋洋的表情散發著奪目的光彩。金木大大鬆一口氣，癱坐在地上。「謝謝你，英。」他開口道謝。英蹲下來和金木對視，揚起笑意。

「幹麼這麼見外！咱們兩個是死黨吧！」

英就用這一句話來總結他為金木做的一切。金木緊咬雙唇，忍住眼眶的熱意直點頭：「嗯。」

「真虧你們找得到，數量還不少。怎麼樣？我開車幫你們載回去吧。」

或許是金木和英拚命找書的樣子，引起職員的同情心，他決定開車送他們回去。兩人抱著書搭上小貨車的車斗後，雙雙躺下來以免被發現。雖然做了不習慣的體力勞動，全身上下都痠痛不已，但卡車緩緩前進的震動，讓疲勞的身體感覺很舒服。

「……可是，我的書會不會下次又被丟掉？」

金木怯怯地對英說道。

「你就隨便跟她說，這裡的職員告訴你，那些書再放個五、六年後會大大增值就好啦。我想她知道這些東西很值錢之後，態度就會改變了。」

「是嗎……可是，為什麼要說五、六年後？」

英把手擺在後腦勺說著。

「到時候，我們就是社會人士了。等到我們長大成人，想做什麼都能隨心所欲去做。話說回來，金木，你想讀大學對吧？」

「啊，嗯。」

「既然如此，考上大學之後自己搬出來住不就得了！」

英覺得自己提出一個超棒的主意。

「自己一個人住？」

「沒錯！如此一來愛怎麼玩就怎麼玩！說不定還能帶女朋友回去呢！」

「我、我又沒有女朋友……你不也沒有嗎？」

「你真是個傻蛋啊，那可是人人憧憬的校園生活喔！只要當上大學生應該就交得到女朋友了吧！」

「我想應該沒那回事。」

金木吐槽期待過高的英，不過英並沒有停下來的意思。

「你說不定也會交到一個喜歡看書，長得又漂亮的女朋友啊！」
「咦、咦咦咦……？」
雖然自己的想法跟不上過於樂觀的英，不過金木覺得內心深處那個總是一片漆黑的地方，似乎點亮了一盞小小的燈火。
金木一直以為，自己會一輩子被困在淺岡家，過著沒有自由的生活。但仔細想想，他也會長大，也許有一天可以靠著自己的雙腳自立。
「一定會很好玩的！」
看著英無憂無慮的笑容，金木也被他感染，浮現愉快的笑意。
如果能夠靠自己的力量活下去，或許就能為自己打造一個容身之處。
「要住在哪裡好呢？」英已經開始聊起八字還沒一撇的事了。金木一邊側耳聽他叨叨絮絮，一邊抬頭望向夜空。
沒過多久，車子便抵達淺岡家。職員把阿姨叫了出來。
「懂得愛惜書本的孩子，將來一定會有了不起的成就，妳要好好珍惜。」
對阿姨而言，這個忠告肯定極為刺耳吧。她並不是一個會乖乖接受別人意見的女性。不過，或許是因為她認為跟金木扯上關係就沒好事，所以後來也就沒有再繼續干涉金木的生活了。而金木稍微改變了自己的心態，現在阿姨漠不關心的態度反倒讓他覺得輕鬆。

也許人就是這樣慢慢成長；也許人就是這樣逐漸變化；也許長大之後，就能得到自由。

即使現在很痛苦，金木還是盼望著將來有一天能夠從血緣的束縛、名為家的牢籠中逃脫。

萌芽的希望成了他的原動力。

「──……利世小姐是AB型嗎？我也是！」

然後，從一個牢籠，走入另一個牢籠──……

#003 禍端

她那不為任何事物動搖，我行我素的姿態如此鮮明，烙印在心口上無法抹滅。

一

住在11區的「喰種」有必須遵守的規矩。

第一，不可擾亂他人的喰場。

第二，月底必須支付「區費」。

第三，一個月只能吃一個人。

第四，不可以留下「喰種」的痕跡。

第五、第六……

11區的老大——荻所訂下的嚴厲規則，給11區的「喰種」帶來一種經常受到監視的壓迫感。但是拜此所賜，11區的秩序才得以維持，大夥兒可以在這裡過著不被〔CCG〕盯上的生活。雖然多多少少有些不滿，不過為了安全起見，這點犧牲非常值得。

儘管萬丈數壹對荻用規則來束縛大家的方針感到不滿，但他也是遵守規則生活的其中一個「喰種」。雖然他希望能夠11區能成為一個更加有活力、開放，在「喰種」之間的信賴基礎上互相幫助的環境，但他並沒有打造那種環境的力量。

萬丈已經因為自己的無能為力放棄希望，而突如其來出現在他面前的，就是惡名昭彰的「暴食狂」利世。

二

「這個月已經發現四具殘留『喰種』痕跡的屍體了！」

11區的集會上，圍在桌子旁的其中一個「喰種」——臼，他的寬額上爆出青筋，厲聲怒吼著。

「怎麼想都是妳幹的！利世！」

憤怒的矛頭指向一個絲毫不在意集會，自顧自看著文庫本的女人。

——神代利世。上個月才來到11區的新人。

她抬了抬視線，露出蠱惑的笑容。明明有人當著大夥兒的面前責備她，她的表情卻依然一派悠閒。

「哎呀……是我嗎？」

「少裝蒜了……在妳來到這裡之前，根本沒發生過這種事！」

在這個一向很有秩序的11區，一個月內發現四具被隨地棄置的屍體可是件大事。如同臼所說，眼前的狀況除了利世下的手以外，找不出其他可能性了。參與集會的其他「喰種」也都個個臉色凝重。

「尤其是海濱公園的屍體，竟然棄置在一個人來人往的地方。根本就像在說『請發現我吧』！」

再這麼下去，大家的生活就會受到威脅。臼現在就是想要徹底問罪，讓對方好好反省，從今以後不再幹出這種事。

但是利世聽完後，彷彿覺得不可思議似地偏著頭。

「……海濱公園？」

「沒錯！年輕女孩的屍體……如果我不是一大早恰巧經過，趕緊處理掉的話，不知道會釀成什麼大禍！」

11區地理位置面海，有一座非常大的海濱公園。臼似乎就是在那裡發現女人的屍體。但利世瞇著眼，扶著自己的臉頰思索片刻，搖了搖頭。

「我沒有印象。會不會是其他的『喰種』？」

「妳還想裝傻——！」

儘管臼想盡辦法要利世認罪，她還是不承認。

「……臼先生，說不定這所有的事情也不完全都跟利世有關啊。」

此時出聲替利世辯護的，是剛好坐在她隔壁的赤沼遊里。遊里也是在11區還住不到一年的新人，不過她跟利世不同，一直乖乖遵守規矩生活。外表長得人見人愛，不但已經融入人類社會，也有一份正當的工作，在11區的「喰種」當中算是比較有常識的人。

「不然妳倒是說說是誰幹的，遊里！」

「雖然我不知道兇手是誰……但不分青紅皂白就誣賴人總是不太好吧？對不對？」

遊里望向集會上的其他「喰種」，尋求認同。

「我也這麼覺得。還是先仔細調查，得到證據之後再談比較好。」

可惜支持她的只有萬丈一個人。因為利世是個綽號叫做「暴食狂」的「喰種」。大家都認為這種事只有她幹得出來。利世看見眼前的情景，難過地低下頭。

「大家同是11區的夥伴，一開始就認定她是兇手未免……」

「謝謝你，萬丈先生。不過大家會懷疑我也是沒辦法的事。畢竟我才剛搬到這個地方……」

雖然萬丈拚命想袒護她，不過此時一直保持沉默的11區老大——荻開口了。

「……妳只否定海濱公園的事。那麼妳承認其他三件都是妳幹的嗎？」

不愧是老大，一開口就讓全場充斥著令人發毛的緊張感。但利世依然故我，曖昧答道：「我不是很清楚。」她一點都不害怕荻，這是因為她對自己的實力很有自信。利世瀟灑的樣子在萬丈眼中是如此耀眼。

「暫且先進行調查。不過神代……妳也不要太得意忘形了。」

接著，荻用一如往常的台詞，替此次的集會做總結。

「……別忘了『規矩』。」

「……把什麼都推到妳身上，真是太過分了。如果真的不是妳，我覺得大可跟他回嘴也沒關係喔？」

集會結束後，遊里在踏出集會所時叫住了利世。她似乎很同情在毫無證據下就被懷疑的利世。

「臼那傢伙對新人總是這麼嚴苛……利世小姐，真是難為妳了。」

萬丈也趁機加入對話。利世聽了垂下眉毛。

「我還不習慣11區的系統，所以被誤解也是沒辦法的事。謝謝你們兩個站出來袒護我。」

她兩手合十表示感謝，露出難為情的樣子。對萬丈而言，此時正是加深彼此交流的好時機，不過利世似乎沒那個意思。

「要是以後又有什麼問題，還要請兩位多多關照。」

她說完後，便甩著一頭黑色的長髮離開了。

「……萬丈先生，你喜歡利世嗎？」

萬丈一雙眼睛死死盯著利世離去的背影，遊里劈頭就這麼問。

「唔唔！為、為什麼……？」

「因為你老是在利世身旁繞來繞去嘛。」

「那、那是因為……」

遊里說得沒錯，萬丈非常在意利世的動向，總是找藉口在她身邊打轉。他縮起肩膀，扭扭捏捏地繞著指頭。

「不過話說回來，剛才說的棄屍地點是海濱公園來著？究竟是誰幹的好事？」

遊里開口詢問，不去深入探討一個成人，而且還是大男人扭捏作態的行為。

「說不定是其他『喰種』利用利世的名聲幹的。」

「妳、妳這是什麼意思？」

這句意想不到的話，讓萬丈猛然挺直縮成一團的背。

「雖然11區因為有那些規矩，所以日子相較和平，但這並不表示可以抑制住『喰種』的本能。或許有人看見順從慾望而活的利世，因此被觸發等等。」

遊里說得沒錯，在這個處處受到壓抑的狀況中，生性奔放的利世帶來相當強烈的刺激。

「而且現在不管做出什麼事，都可以推到利世身上。說不定有人就是趁機利用這個情形。利世也真可憐。」

遊里說到這裡，留下一句「似乎說太多了」便逕自離去。

或許有人躲在『暴食狂』的影子下暗自進行捕食行為。如果這件事是真的，絕對不可原諒。萬丈暗自下定決心。

三

「咦～有這回事喔？」

集會隔日，萬丈在平常當作休憩所的廢棄大樓一室中，將開會的內容告知不參加集會的一味、二璐和三手。這三個戴著相同面具、披著相同斗篷的「喰種」是萬丈的老朋友。雖然他們有點看不起萬丈的實力，但總是跟他一起行動，是相處起來非常自在的好夥伴。

「畢竟她是鼎鼎有名的『暴食狂』嘛。臼先生每次發現屍體都得負責收拾殘局，當然會生氣囉。」

二璐翻閱著手上的流行雜誌，客觀闡述自己的意見。

「可是他又沒有證據證明是利世小姐吃的！」

「萬丈先生，照你這麼說，也沒有證據證明不是利世小姐吃的啊。」

萬丈想替利世說話，但一味冷靜地堵了回去。萬丈的嘴巴霎時癟成小山。

「不過遊里小姐說的也有道理。現在就算隨便吃人，也可以統統推到利世小姐身上。」

三手連忙出來打圓場。「就是說啊!!」萬丈跟著提高音量。

「一想到有人在利用利世小姐，我就覺得不可原諒！」

萬丈握緊拳頭尋求其他人的同意。不過比起萬丈的熱情，其他三人的態度倒是冷淡到幾乎跟他成反比。

「就算你不原諒，又能怎麼樣？」

「當然是抓到犯人啊！犯人！要是能洗清利世小姐的冤屈，她一定會很高興的……」

看到表情散發著光輝的萬丈，三人不約而同提高聲調：「咦～」

「真的是這樣嗎？」

「說不定人家反而還覺得你煩呢。」

「會不會被殺掉啊。」

「少囉唆……反正我已經決定要這麼做了！」

萬丈把握緊的拳頭朝天高舉。

「說是這樣說，萬丈先生，你打算怎麼找到犯人？」

二璐提出的問題讓萬丈的拳頭有氣無力地垂下來。

「……這個嘛……就，努力找出來吧。」

「你連想都沒想過嗎？」

「不愧是萬丈先生啊。」

萬丈只憑藉著一股氣勢就想採取行動。

即便如此，他想為利世做點什麼的心意還是無法停止。三人看著開始思考可行方案的萬丈，彼此面面相覷，無可奈何地嘆氣。

「萬丈先生，這種時候應該要先收集情報。」

二璐把自己剛才在看的雜誌遞給萬丈，

翻開的頁面上刊登著偵探系的電影介紹。

「情報嗎……」

「既然找到女人屍體的人是臼先生，那麼先去找他打聽詳細情形怎麼樣？」

氣餒的萬丈聽見這麼正經的提案，瞬間打起精神。

「好，我知道了！事不宜遲，我現在就去！」

萬丈懷著滿腔無法抑止的熱血，一個人往外衝去。

「等等，萬丈先生！你跑得這麼急，已經知道臼先生人在哪裡了嗎？」

後頭傳來三手慌張的聲音。現在是下午五點，在這個夜晚即將來臨的時間帶，許多「喰種」已經開始活動。個性有些神經質的臼，通常會於夜晚到白天這段時間，在街上來回巡邏。正因為如此，他才會發現利世棄置的屍體，所以相對來說也很難找到他。一味雖然擔心，但萬丈完全聽不進去。他現在的心境只想全速奔跑。

「真拿萬丈先生沒辦法，總之我們先跟著他吧。」

非常了解萬丈的一味發出指示，二璐和三手也習以為常地回答：「了解。」

之後，不知道像隻無頭蒼蠅亂跑了幾個小時，就在連「喰種」都開始覺得疲倦的時候，終於找到臼的身影。

「臼！關於集會的那件事，我還是覺得並非利世小姐做的！」

萬丈一看見人就急忙大叫，臼皺起眉頭。

「啊？你沒頭沒腦的在說什麼？」

煩躁的象徵——青筋正在臼的寬額上慢慢浮現著。一味大概覺得再這麼下去八成也談不出什麼來，趕忙介入：「別生氣別生氣。」

「臼先生，你說你是在海濱公園看見女人的屍體對吧？屍體的狀態怎麼樣？收拾起來很辛苦對不對？」

他代替萬丈詢問細節。

「……喔，你是說上星期那件事。那個女的肚子被割開，內臟全被扯出來。利世大概只吃了自己喜歡的內臟，剩下的就這麼擺著。滿地都是飛散的血肉，你們知道我為了清理那些痕跡多辛苦嗎？我不管肚子多餓，還是忍著一個月只吃一個人，那個王八蛋竟然這麼肆意妄為！」

臼可恨地啐了一聲。從一個遵守規定的人眼中看來，利世的行動實在是太不講理了。

「不，先等一下，利世小姐她……」

「萬丈先生，你現在先忍忍。臼先生，你發現的那些屍體，都可以從吃法上一眼看出是利世小姐吃的嗎？」

「海濱公園的屍體跟其他屍體比起來，吃剩的部分比較多，不過兩者都被吃得遍地都是，動手的人根本沒想過後果。那傢伙根本打算把事情能搞得多糟就搞多糟，搞砸了之後就拍拍屁股走人吧！」

暴食狂這個大人物的名聲從前就如雷貫耳。為了不讓她威脅到11區，不，應該說為了不讓她威脅到自己的安全，臼才會更加奮力在街上巡邏吧。

「嘖！真受不了，來了一個麻煩的傢伙。隨隨便便就破壞規矩……我怎麼能忍受大家的自由被那個王八蛋破壞！」

臼最後丟下這句話，打算結束這個話題。但是萬丈伸手抓住了臼的肩頭。

「……萬丈？」

「你覺得我們現在，是自由的嗎？」

臼聽了萬丈的話，緊皺著眉頭。

「什麼意思？」

「我們根本就是被規矩束縛著，難以喘息……這樣真的能算是自由嗎？」

從前就有的想法在認識利世之後，一天天逐漸膨脹。

「雖然不能像利世小姐那麼奔放，不過大家如果能站在同等的立場談話，哪需要什麼規──」

「……萬丈，你要是再說下去，我就要去跟荻報告了。」

臼只回他一句短短的忠告。萬丈聽了沉默下來。

「你愛怎麼想是你家的事，但所謂的自由是存在於規則裡。不要把你的幻想強加在其他人身上。」

臼一字一句講得清楚明白，說完便自行離去。

「……可惡！」

在臼的身影消失之後，萬丈咬住嘴脣。對方只是提了老大的名字，自己就怕成那個樣子，真是丟人現眼。要是實力夠強，就可以強迫大家接受他的意見了。他對自己的無能感到萬分不甘。

「……萬丈先生，我們先去海濱公園看看吧？」

二璐開口勸慰，想給他一點鼓勵。

萬丈確實很弱，能夠做的事情也相當有限。但是，比起什麼都不做任其腐爛，不如採取行動還比較實際。

「嗯！走吧！」

萬丈改變心情，再次打頭陣往前衝去。

夜晚的海濱公園人煙稀少，只聽得

見陣陣海浪的聲音。

「這裡到了晚上，要襲擊人類很容易吧——」

三手眺望著海濱公園，一屁股坐在長椅上。方才為了找臼已經很累了，現在又一口氣跑到這裡來，簡直要了他的命。一味和二璐也跟著他坐下來，抬頭看著萬丈。

「……休息一下吧。」

其實比他們更累的萬丈，也坐到長椅上。

「不過話說回來，萬丈先生，利世小姐竟然做到這個地步，我都開始尊敬她了。」

「……該怎麼說才好呢。我覺得利世小姐擁有很多我沒有，而且我很想要的東西。」

萬丈望著在海面上載浮載沉的船隻，以及遠處工業地帶的燈光，有一句沒一句地說著。

「最厲害的是她身心都很強。所以不管什麼時候，她都能隨心所欲過她想過的生活。要是我能像她那麼強，說不定就可以開創另一條道路了……像我這樣只有個頭比人家大，根本沒用。」

說著說著，一股睡意漸漸襲來。三人看著已經睏到開始點頭的萬丈，紛紛忍住打呵欠的聲音。

「至少……我希望可以幫上利世小姐的忙……」

十分渺小的願望。不過就是這個小小的心願驅使萬丈做到這個份上。

「不過我想利世小姐應該不需要別人的幫助吧。」

「沒錯沒錯。」

「我覺得別去管她的事才是最親切的做法。」

一味、二璐和三手就這樣若無其事地踐踏萬丈的心意。「少囉唆——」萬丈低聲嘀咕了一句，便任由睡魔奪走他的意識。

四

「……丈先生、萬丈先生！」

萬丈睡得正舒服，突然聽見有人在喊自己。他的身體被劇烈搖動，意識突然清醒過來。

「嗯……？」

「萬丈先生，天亮了。」

「哇！真、真的假的……」

看來昨晚大家全都在長椅上睡著了。公園裡頭有一大早就在跑馬拉松的女性，以及帶著狗一起散步的年長男性等等。萬丈打了個大呵欠，眺望了一會兒眼前悠閒自在的光景。

「……不對！我們不是在找犯人嗎！現在可不是睡覺的時候！」

萬丈回想起原本的目的，立刻從長椅上站起來，打算再次狂奔。

「停下來停下來！萬丈先生！你知道要去哪裡找嗎？」

「我不知道！總之先調查這個公園吧！說不定可以找到犯人遺留下來的痕跡！」

說到這裡，萬丈吸了吸鼻子。儘管臼已經將屍體處理完了，但畢竟當時血肉到處飛散，說不定還殘留著被害人留下來的香味。但他愈是想聞個仔細，海潮的味道就愈是礙事。

「在海邊沒辦法這麼聞，鼻子起不了作用。」

三手揉著自己的鼻子。

「可惡……要是有問臼在哪裡發現屍體就好了……」

「就是說啊。」三人點點頭，完全不打算附和灰心的萬丈。

「既然這樣，我就走遍整個公園，尋找蛛絲馬跡！」

「真的假的！」

「我說到做到！」

萬丈抱著「你們不必找，我自己來就好」的志氣開始尋找證據。三人雖抱怨個沒完，也只能無奈參加。就在他們忙著尋找證據的時候，太陽也不知不覺爬到頭頂上了。

「……我真搞不懂……」

到最後，他們只在海濱公園找到棒球、蛇蛻、大量的情色書刊和女人的髮夾。女用的髮夾是最有可能的證據，但上頭完全沒有任何血腥味。沒有一樣東西是他們要找的東西。

「不愧是臼先生，處理得乾乾淨淨。」

雖然曰這麼做是對的，但以萬丈的立場來說，當然覺得很失望。

「萬丈先生，我們先回去擬定作戰計畫如何？在公園裡徘徊好幾個小時的四人組，怎麼看都很可疑吧。」

一味說得很有道理，但什麼成果都沒達成，實在教萬丈難以離開。他戀戀不捨地望向公園。

「……嗯？」

他看見一個抱著書包，年紀大約是國中生的少女往他們的方向走來。她從書包裡拿出傳單，發給公園裡頭的人們。

「請各位幫幫忙！不管是什麼情報都好，有任何消息麻煩請通知！」

那位少女看起來一副走投無路的樣子，萬丈有些在意，於是走到她身旁。

「請各位幫幫……啊。」

少女發現體格魁梧的萬丈，有點膽怯。不過她還是戰戰兢兢地說：「請幫幫忙……」然後把附了照片的傳單遞給萬丈。

「我看看，『平野麻里，如果看見這個人麻煩跟我們聯絡』……？」

也許是體貼大字認不出幾個的萬丈，二璐從旁邊探頭看著那張傳單，並且念出聲來。從另外一邊探頭的三手看著傳單上的照片，然後發表他的感想：「真是個大美人。」

「這是我姊姊！她也有在當讀者模特兒。」

經她這麼一說，兩人的樣貌確實有點相似。說不定這個少女在兩、三年後，也會變成一個大美人。

「但是她上禮拜去11區找朋友之後，就失去聯絡了……」

所以她才在這裡發傳單募集情報嗎？少女捏著衣角的樣子看起來很不安，萬丈覺得很同情，將剛才撿到的髮夾遞給少女。

「咦？」

「這個送妳。好好加油，別放棄了。」

或許是因為萬丈也在收集對利世有利的情報，所以對少女很有親切感。

「……嗯，我會努力！」

少女緊握住髮夾，用力點了點頭。

「對了，小妹妹，妳叫什麼名字？」

臨去之前，萬丈問了她的名字。少女鼓起紅通通的臉頰回答：

「我叫做平野舞！」

看著她直率的眼瞳，萬丈再次鼓勵：「加油喔！」

三人跟少女道別，正要返回休憩所的時候，三手回頭看著海濱公園說道：

「……隨便把撿到的東西送人不太好吧。何況對方還是人類。」

「有什麼關係，我就是想送給她嘛！」

「好了啦，這確實很像萬丈先生的作風。話說回來，這個女孩子還真漂亮。」

大家再次看著那張傳單上的照片。

「……怪了？」

二璐好像發現什麼似的發出聲音。

「怎麼了？二璐。」

「我好像看過這個人……」

「什、什麼？在哪裡！」

要是有相關情報，說不定就能解決少女的煩惱了。「等等，我想一下。」二璐開始回溯自己的記憶。但就在這個時候，一味的表情開始蒙上一層陰影。

「……？怎麼了？一味。」

一味思考了一會兒，開口說道：

「萬丈先生，這張傳單上的女孩，是不是在那座海濱公園……被吃掉的人類？」

「啊!?」

「那個小妹妹說，她是上禮拜失蹤的對吧？臼先生發現屍體也是上禮拜的事。」

沒錯，對「喰種」而言，人類就是糧食。儘管想到那位小女孩拚命的樣子，感覺有些複雜，但這也不是不可能的事。

「先把這張傳單拿去給臼先生看看如何？」

雖然不知道臼記不記得被吃掉的人類長什麼樣子，不過還是有一問的價值。何況萬丈自己也想得到有利於利世的情報。然後，洗清利世身上的嫌疑。

就在他們打算再次啟程去找臼的時候，二璐突然叫了出來：「啊！」

「幹麼？怎麼了？」

「我想起來了！她有被登在雜誌上！」

「雜誌？」

「就是我之前在看的……裡頭有偵探電影特輯的那本雜誌！」

這麼說起來，那天萬丈在向大家傳達集會內容時，二璐確實在看雜誌。

「雖然那本雜誌有點舊了，但因為裡頭有國外音樂家的特輯，所以我才拿來看。雜誌上有一個跟這女孩子很像的模特兒。如果她真的有在當讀者模特兒，那就能理解了。對不起，不是生還的情報。」

二璐抱歉地說道。「不，等等。」萬丈雙手抱胸。

「資料是愈多愈好。把那本雜誌也一併帶過去吧。」

四人急急忙忙前往休憩所。

「就是這本。」

來到他們拿來當休憩所的廢棄大樓。二璐撿起一本女性時尚雜誌。

「在哪一頁呢……因為穿著跟我一樣的連帽外套，所以我才會注意到。」

四人目不轉睛地盯著雜誌，確認每個模特兒的臉孔。

「我記得是在這幾頁……嗯？」

「咦？」

「這是……」

雖然還沒發現要找的人，不過他們的眼睛全停在一個模特兒身上。

「這、這傢伙……」

照片上的女人有一張討人喜歡的臉，擺著專業的姿勢。她長得跟萬丈在集會上說過話的遊里一模一樣。

就在眾人驚訝地瞪大眼睛時，二璐指向照片旁邊印著的名字。

「上面寫著遊。」

然後，少女的姊姊——平野麻里的照片就刊登在前面幾頁。

「這是……碰巧嗎？」

兩人的照片被刊登在同一本雜誌上。二璐不安地望著萬丈的臉。

「……走吧！」

萬丈一把抓起傳單和雜誌，直奔臼的住處。

「……怎麼了，發生什麼事了嗎？」

臼看見氣喘吁吁的萬丈一行人，臉上不禁露出「怎麼又是你們」的傻眼表情。但他似乎也發現萬丈他們幾個的樣子不太尋常，於是壓低聲音詢問道。

「臼，海濱公園那個被吃掉的女人，是不是這傢伙!?」

萬丈把傳單和雜誌遞給臼，他驚訝地睜大了眼。

「……就是她。因為長得很漂亮，所以我特別有印象。」

萬丈的腦海瞬間閃過那個小女孩的樣子，不過現在他更在意跟那個被吃掉的女人刊登在同一本雜誌上的遊里。要說是偶然也太湊巧了。

「臼，你知道遊里住哪裡嗎？我記得那傢伙有房子對吧!?」

萬丈打算直接向本人確認，不過臼接下來說出更加衝擊性的話。

「遊里？說真的，你們幾個到底在搞什麼東西啊？那個女人剛剛才來找我問利世的住處。」

萬丈一下子失去血色。

「遊里跟你打聽利世小姐的住處……？」

「是啊，她突然要搬到其他區去了，所以過來跟我打聲招呼。她說也想跟利世道別，所以希望我能告訴她利世的住處……喂，萬丈!?」

萬丈沒聽臼把話說完就立刻拔腿狂奔。

「萬丈先生，我們就算去了也幫不上忙……」

「對呀！別管她們才是最好的方法！」

一味和二璐阻擋的聲音進不了他的耳。雖然還沒看清所有的答案，但他心中就是有股不祥的預感。萬丈卯足了全力奔跑。

「……！」

到了利世家附近，萬丈看見一個人影，於是停下腳步。

「利世小姐！」

獨自走在人煙稀少的高架橋旁邊的人，就是萬丈擔心得不得了的利世。

「哎呀，萬丈？你好。」

利世看著汗流浹背的萬丈，用一如往常的笑臉應對。

「那個，利世小姐！妳見到遊里了嗎!?」

「遊里小姐？沒有啊？」

萬丈聽了不禁鬆口氣往她的方向跑去，打算把事情跟她說明清楚。

「!!」

但就在這個時候，一個影子突然出現在利世背後。

「利世小姐，危險!!」

萬丈張開雙手一躍而出，想掩護利世。但他慢了一拍，一根像鞭子一樣粗的赫子硬生生從旁揮向萬丈的身體。有如鱗片般凹凸不平的赫子削下萬丈的皮膚，然後將他狠狠甩在高架橋的水泥牆上。

「……唔哇!!」

「沒事吧！萬丈先生！」

匆匆趕來的一味想確認萬丈的傷勢，但他揮開一味的手，瞪著方才攻擊他的人。

「……老是在我身邊晃來晃去也很礙眼，所以我才特地放點消息轉移你的注意力，但你還是來了？」

萬丈猜得沒錯，遊里就站在眼前，她的鱗赫發出咻咻的聲響。

「利世小姐！之前那件海濱公園的事……！就是那傢伙想把罪名嫁禍給妳！」

「海濱公園？」

「遊里，妳跟那個被吃掉的人類有關係吧！」

萬丈把遊里登上的雜誌頁面和平野麻里的傳單翻出來給她看。他推測，遊里之前表現出一副袒護利世的樣子，但實際上卻在利用她。萬丈相信這就是真相。但是，遊里聽了他這番話後，成串的眼淚卻從鮮紅的眼瞳中潸潸落下。

「她……麻里是我的朋友。我跟她是在讀者模特兒打工的時候認識的。那天我們一起出去玩，分手前還笑著道別，結果卻……」

遊里的樣子看起來不太對勁，這讓萬丈十分困惑。「啊，那件事啊。」此時，利世的聲音傳到他的耳裡。

「萬丈，要是誤會可就失禮了……海濱公園那位遊里小姐的朋友也是喔？」

利世往前走，露出甜美的微笑。

「吃掉她的人，就・是・我。呵呵呵……不過海的味道太過妨礙，難吃死了。」

「利世——!!!!」

遊里在嘶吼聲中對著利世揮下她的赫子。利世的身體也衝出赫子，擋下她的攻擊。

遊里是為了她死去的友人而採取行動吧。與預料完全不同的事態讓萬丈陷入混亂當中，此時遊里大聲尖叫著：

「好不容易才讓她信任我，正打算找一天完完整整扒下她的皮、削下她的肉、把骨頭敲得跟砂糖一樣碎碎的，全部揉成丸子吃下去啊啊啊啊啊——!!」

染成赤紅色的赫眼冒著血絲，看起來更加鮮紅。

「到、到底是、怎麼一回事？」

「萬丈先生，這大概是我們無法踏入的領域。」

遊里哭喊著往利世衝去。

「既然如此我就要吃了妳來代替她——!!」

殺意有如燃燒的火焰。即便是這種情況，利世還是笑意不減。

「好棒的計畫……那麼，做為道歉，讓我幫妳一個小忙。」

愉悅的笑容，以及像孩童般天真無邪的聲音。

「把妳捲成一顆可愛的小球吧。」

無論何人都無法傷害的絕對存在。她的姿態牢牢烙印在萬丈的眼中。

這場戰鬥的最後，剛才還被稱為遊里的肉塊，在壓倒性的力量下被削成肉球，隨著風在地上咕咚、咕咚滾動著。

「這是『正當防衛』對吧？」

利世轉向萬丈等人，眯起眼睛。萬丈、一味、二璐和三手只能點頭如搗蒜。

「雖然我喜歡把東西弄得亂七八糟，但是討厭收拾。剩下的事可以交給

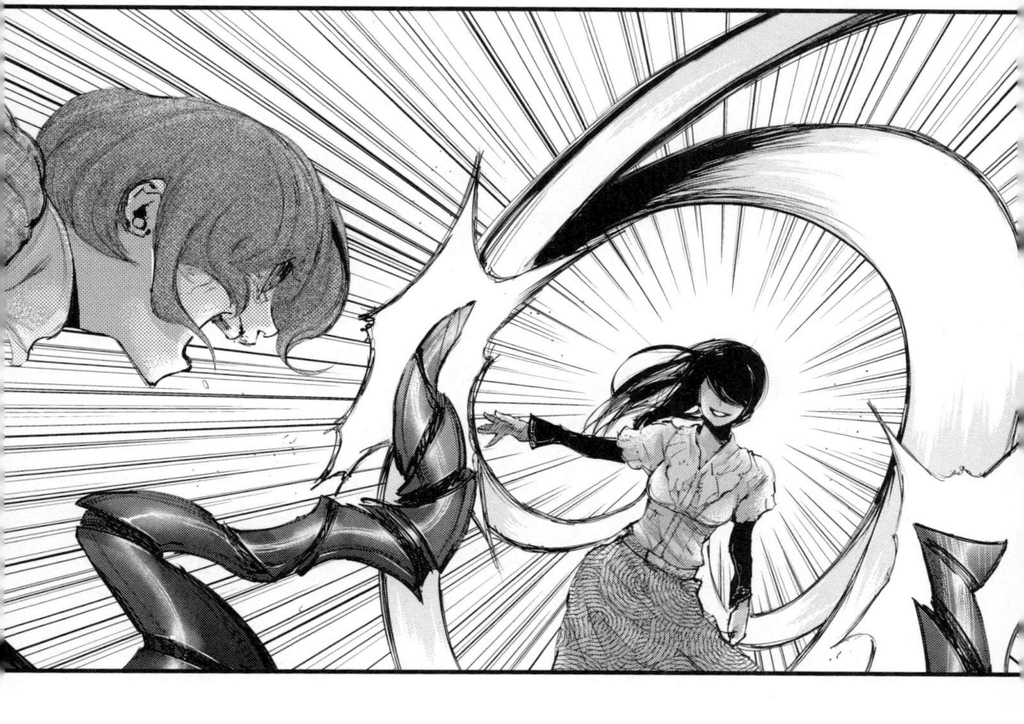

你們處理嗎？」

利世不等他們回應，便逕自離開了。她只淡淡落下一句話：

「啊……真無聊。」

化為肉塊的遊里，像沙一樣崩解了。

「……呼！」

利世離開之後，萬丈按著胸口猛咳嗽，大概是剛才連呼吸都忘了。一味他們也脫下面具，擦去額頭上豆大的汗珠。他們親眼目睹利世壓倒性的力量，每個人的身體都不住打顫。但是有一股別於恐懼的情感卻在萬丈的體內滋長。

「有實力真棒啊……」

「我們才不希望萬丈先生變成那樣。」三人對萬丈擠出來的評語只能苦笑以對。即使如此，萬丈還是反覆念著：

「我也……想變強……」

雖然強悍會衍生暴力，但有的事情只能靠著強悍來贏取。利世以自己的力量開創自己的道路，她的姿態看起來無比閃耀。

即便在利世的暴食行為變本加厲，遭受到大量批判的時候，以及老大和幹部們終於將她列為肅清對象的時候，萬丈對她的憧憬都沒有改變。

這樣的她，在最後的最後留下一句話給萬丈。

——我走了，好好保重，老大。

身旁的人都說，她只是一時心血來潮罷了。就連萬丈也覺得自己不可能當上老大。但是，這是只會將觸目所及的一切全都掠奪殆盡的她，所給予的東西。

「利世小姐把11區託付給我，既然如此，我一定會完成這個任務……」

他會好好整頓11區，然後保護所有重要的人。

尚未破殼就踏出步伐的萬丈，前方等著他的是——弱者的宿命，新一波掠奪。

#004 閒言

東京[往日]喰種

TOKYO GHOUL

一腳踏入的場所，已知的現實，該走的道路，父親的背影。

一

「那麼，我現在要來發表前幾天舉行的實技測驗結果——」

看見手裡拿著測驗結果的教官，緊張的氣氛在學院生之間蔓延開來。其中還有人雙手交握默默祈禱，感受得到對測驗的勢在必得。教官環視講堂一周後，清清喉嚨，開口說道：

「這次的第一名還是真戶。真是了不起。」

教官發表結果的同時，講堂內霎時瀰漫著一股「果然又是她」的氣氛。大家口中的當事人——真戶曉表情沒有一絲波動，只是朝教官行了一個禮。

這世上有一種襲擊人類，並將人類殘忍吃下肚的怪物「喰種」。為了驅除、殲滅「喰種」而存在的機關就是〈ＣＣＧ〉。

5區以帝鳳大學為首，林立著許多教育機構。這裡也有一所學院，專門培育肩負

〔CCG〕未來的喰種搜查官。雖然每個人想成為搜查官的動機都不一樣，但大家都朝著相同的目標奮鬥，而在不論學科和術科都傲視群雄的就是身為女性的曉。

「……這次又是妳奪冠，不愧是優良血統啊。我在妳面前都抬不起頭來了。」

課堂結束後，曉正要離開講堂，同期的瀧澤政道特地過來酸她。他就是在發表成績時，雙手交握不斷祈禱的男人。因為他的成績老是排在曉後面，是萬年第二名。測驗的結果不如預期，他將心中所有的煩躁全發洩在曉身上。

曉看著站在正前方擋住她去路的瀧澤，臉上露出一副覺得對方有夠無聊的表情，嘆了一口氣。

「說是這樣說，你的態度倒是挺不遜的，借過。」

「妳少得意了，真戶。妳在學院裡的表現，不代表在實戰上也能比照辦理……」

「說到這個，這次的實技測驗，我也拜見了你的演示——」

曉開始敘述自己對瀧澤這次實技測驗的意見，堵住他原本還想繼續糾纏的嘴。瀧澤聽見她指出連學院教官都沒有糾正到的細節，表情顯然僵硬了起來。

「——最明顯的是你在啟動昆克，到昆克開始動作這之間的停頓，於正式開始攻擊之前浪費太多時間。你使用得不夠熟練，那樣無法應付『喰種』的速度。」

這都是你平常鍛鍊不足的關係。曉扔下這句話，雙手抱胸。

「說到底，我之所以待在這個地方，是為了學到能夠勝任喰種搜查官職務的知識和經驗。名次這種東西，不過就是結果而已。」

「什麼！我、我也是為了將來當上喰種搜查官可以立下輝煌的功勞……」

「既然如此，不如把站在這裡擋我去路的時間，拿來做更有效的運用。我建議你先練好能夠流暢啟動昆克的動作。再見。」

曉放下雙手，從瀧澤身邊走過去。「你這個冷血女人——!!」背後傳來孩子氣的喊叫聲。瀧澤八成是覺得不甘心，氣自己說不過她吧。

不過，剛才冷淡回應瀧澤的曉，心中也很煩躁。

「……真厲害，真戶又是第一名了。」

同期生看見走廊上的曉，彼此交頭接耳著。

「真戶的母親，二十八歲就當上準特等了對吧。」

「不但是女性，而且還以這麼年輕的歲數當上準特等，算是破天荒的升遷了。真戶大概是遺傳到她母親。」

曉的母親——真戶微就如同周遭的傳聞，儘管是位女性，依然年僅二十八歲就晉升為準特等，甚至最後還當到教官。要是繼續工作下去，說不定還能升到特等。

但她母親的生命被「獨眼的喰種」奪走了。這已經是好幾年前的事，後來父親便靠自己一個大男人撫養曉長大。

曉的父親——真戶吳緒，和母親一樣是喰種搜查官。

「真戶的父親好像是上等搜查官？」

「老婆和女兒都這麼優秀，相較之下父親就普通多了。」

他們說出這樣的話，不帶一絲罪惡感。

這裡是學院裡頭附設的學生宿舍。回到房間的曉將與「喰種」相關的資料攤在桌上。缺乏實戰經驗的部分，她就靠著研究案件資料來感受現場的氣氛。

今天看的是20區的資料。這裡跟其他區比起來「喰種」捕食件數較少，似乎只靠著沒有配給昆克的局員搜查官來維持秩序。話雖如此，並不表示此處沒有「喰種」。像是對食物有奇妙堅持的「美食家」，以及狩獵同族的神祕「羽赫喰種」等等，尚未解決的案子多得很。這些唯有殺害人類才能生存的可怕生物，光是活著就是一種罪。「CCG」就是為了懲罰他們的罪惡而存在，父親吳緒也是其中的一員。

「……」

曉從抽屜中取出其他資料。這些是父親也有參與的數起案件。像是「梟討伐戰」和發現「拾骸者新」等等，父親立下的功勞並不亞於其他搜查官。但他遲遲沒有升官的理由，應該是出在曉身上。如果坐上高階主管的位子，他的時間就會被工作占據，難以照顧孩子。父親一定是為了養育失去母親的獨生女，因而推辭升遷的機會。

曉恨不得立刻打破現在的狀況，讓周遭的人都能認同父親的實力。這個想法在她心中盤旋不去，但卻一直無法找到解決問題的切入口。

二

隔天早上，曉提早進入學院的演習場準備今天的實技訓練，卻意外發現演習場內早就已經有其他人影。

一位是曉也很熟悉的人物，學院的教官篠原幸紀。篠原曾經跟曉的父親搭檔過一段時間，因此也特別照顧她。

篠原身旁有兩位大約中年的男性。仔細一看，他們的右手都提著手提箱，應該是喰種搜查官吧。這些人會在這個時間出現在學院，肯定發生什麼事了。

「嗯，喔喔！妳來得真早啊，曉。早安。」

此時，篠原發現了曉，於是暫時停下對話跟她打招呼。兩位剛剛在跟篠原說話的男性也把視線投在她身上。

「學院生嗎？」

「是啊，就是真戶家的。」

雖然他的介紹少了主詞，但兩人似乎馬上就理解了。其中一位看起來像是前輩，略為發福的男人不知道想到什麼，瞇起眼睛看著曉。不過他的視線一瞬間就轉為玩味的眼神。

「喔——……這位就是本期的榜首，聲名遠播的真戶家千金嗎？我是多田準特等。

這傢伙是柳，上等。」

多田介紹完，站在他旁邊的柳便點頭致意。兩人跟篠原的年紀差不了多少，似乎是一對資深的搭檔。不過，曉有點介意多田向她投來的好奇目光。會用這種眼神看她的人，基本上都不是什麼好東西。

「看妳的樣子肯定是像母親。幸好不是遺傳到妳那個昆克狂老爸。」

果然不出所料，他立刻說出抬高母親，貶低父親的沒神經言論。

「喂，多田！」

「這位小姐聽到別人說自己像優秀的母親，應該覺得更開心吧。」

多田張開大嘴哈哈大笑。曉無視多田的存在，轉頭詢問篠原：「請問發生什麼事了嗎？」

「嗯，是啊。其實昨天晚上，我們的轄區發生『喰種』襲擊女性的事件。多虧住在附近的孩子察覺不對勁，大聲喊叫，所以『喰種』就逃跑了，不過似乎是往學院的方向……」

「雖然很難相信『喰種』會接近學院，畢竟這裡是〔ＣＣＧ〕的機構，但為了保險起見，我們還是過來打聽一下有沒有可疑人物的消息。只不過跟當初預料的一樣，白跑一趟了。不過，會因為小孩子嚇到逃跑的『喰種』，應該很快就能找到了吧。」

多田從旁打斷篠原的話，說出他自己的預測。不過他的說法引起曉的注意。

「……如果那隻『喰種』是刻意往學院的方向逃跑，就表示這所學院對那隻『喰種』來說有某種利用價值。這應該是不能等閒視之的問題？」

多田眨了眨眼睛之後，捧著圓滾滾的肚子大笑。

「哈！哈！哈！怎麼突然講出這種話！已經開始在模仿搜查官了嗎！不愧是精英，果然與眾不同！」

「我只是從聽到的狀況中做出判斷罷了。」

「口齒倒是挺伶俐的嘛。年輕真好，我也有過那種時代呢。」

多田用輕佻的口氣說完，突然把臉靠近曉。

「但是，如果不能正確地判斷狀況，會早死喔？」

他的意思大概是在警告她，區區一個學院生不該隨便頂嘴吧。但是曉的眼神一瞬也沒有移開，她答道：

「我也有知道的事。多田準特等……你身上的脂肪太多了。」

內容跟剛才的對話一點關係都沒有。意想不到的言論讓空氣一瞬間凝結起來，但曉一點也不在意，繼續說道：

「對於我們這些速度大幅落後『喰種』的人類而言，脂肪是大敵。畢竟這是個相差零點一秒就能決定生死的世界。從視覺上來判斷，您應該需要再減十公斤左右吧。不然的話可能會『早死』？」

相當不留情面的反擊。講到這裡，多田終於理解了曉的意思，他漲紅著臉大聲怒斥：

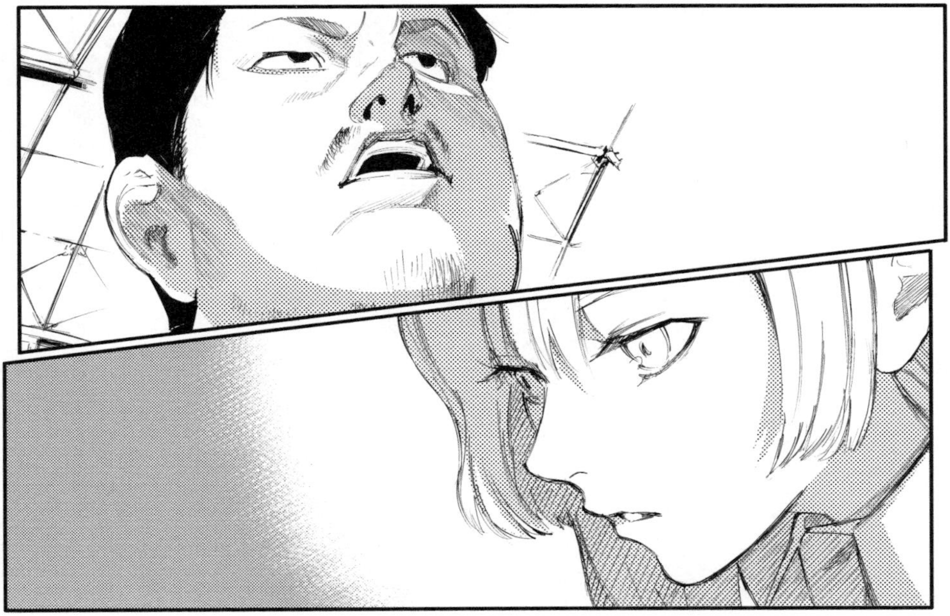

「妳這是什麼說話的口氣！不滿自己的意見被否定就開始口不擇言了是不是？還是妳覺得自己有能力解決這件案子嗎？」

相較於多田怒氣沖沖的樣子，曉一派悠哉地雙手抱胸。

「但我只是個學院生。」

「現在才想拿身分來當擋箭牌嗎！」

「並沒有。我是擔心要是自己解決了這個案子，就表示多田準特等比學院生還不如。當然，也等於比不上我的父親。」

聽到這裡，篠原也不得不出聲制止了：「曉，不要再說了。」多田則是惡狠狠地瞪著曉。

「有本事就試試看啊！愚蠢的小丫頭！」

多田恨恨地說完後便大步離開演習場。

「……真是的，妳不該用那麼挑釁的態度跟他說話。」

多田離開之後，篠原一邊搔著下巴的鬍子，有點傷腦筋地勸諫曉。

「關於那隻逃走的『喰種』，您知道詳細的情形嗎？」

「嗯？喔～我們正在請負責的單位調查附著在被害人身上唾液。那位當時恰好人在現場的孩子說，『喰種』戴的面具是紅底黑斑點，看起來像是瓢蟲。」

「瓢蟲嗎……」

用生活周遭的昆蟲來比喻，確實很像小孩子的想法。

「……妳打算怎麼做？曉。」

篠原露出有點厭煩的表情，開口問道。

「『課外實習』也是必要的吧？」

曉不卑不屈地回答。幸好她的「直覺」也跟多田的意見背道而馳。

曉和多田之間的你來我往，似乎被稍後來到演習場的學院生們看見了。學院第一名的秀才跟總局的喰種搜查官針鋒相對的事，一下子就傳了開來。

「妳也真是笨！竟然對喰種搜查官，而且還是準特等頂嘴！上頭說什麼、乖乖聽話就對了啦！」

在下午的課堂開始前，瀧澤得意洋洋地喧鬧著。或許他是覺得自己難得有機會可以站在比曉優越的立場給她意見。

「我只是反駁無法認同的意見罷了。即便對方的身分地位比較高，因為這樣就選擇服從等於是放棄思考。」

「這種狀況下虧妳還能這麼說……」瀧澤咕噥著。然後，他的視線停留在曉攤開在桌上的影印紙。

「那是什麼……？報紙的影印？」

「我把關於昨天那件『喰種』襲擊案的相關報導影印下來。還有近年來5區發生過的『喰種』捕食事件紀錄。」

為了收集這些資料，曉連午餐都沒吃，一直待在資料室裡。

「『遭到襲擊的女性雖然負傷，但生命沒有大礙』……襲擊這位女性的『喰種』，現在應該已經逃到大老遠的地方去了吧？」

「我不這麼認為。」

曉立刻一口否定瀧澤的意見，他鬧彆扭似地嘟起嘴，不爽問道：「不然妳又有什麼看法？」

「我猜想這個犯人應該潛伏在學院附近。」

「這裡可是〔ＣＣＧ〕的學院喔？潛伏在這附近，不就像是在貓旁邊睡覺的老鼠！」

「難得你可以說出這麼簡單易懂的譬喻，但你錯了。」

「難得是什麼意思！不然妳有什麼根據或證據嗎!?」

瀧澤舉起拳頭，砰一聲往桌子敲下去。即便如此，曉的表情還是絲毫未變，她豎起食指。

「是『直覺』。」

「……啥？」

瀧澤一聽，整個人都無力了，但對曉而言，這就是最有力的證據之一。

「我對自己的直覺很有自信。」

與其說是想對輕視父親的多田還以顏色，或許她更想挑戰所有把父親當成傻瓜的人。「簡直莫名其妙。」瀧澤聽了曉的說詞後低聲嘀咕著。

當晚，曉將後來收集到更多的資料帶回自己房間，攤開地圖。首先將昨晚那起事件發生的地點用紅筆打個×。接下來是5區尚未解決的捕食事件。她將可能是同一個犯人的案子用不同的顏色區分開來，寫在地圖上。雜亂無章的×愈來愈多。

最後，曉在並非案發現場的學院和〔CCG〕5區分局打上×印。這麼一來，終於能從看似亂七八糟的×當中看出不甚明顯的規則。

首先是5區分局。這一帶並沒有大範圍的捕食行為。「喰種（垃圾）」也有「喰種（垃圾）」的智慧，除了那些想找搜查官來測試實力的傢伙以外，幾乎大部分的「喰種」都判斷在這附近狩獵人類相當危險。

另一方面，學院周遭發生的事件雖然少，但跟5區分局比起來，過去曾有事件發生在更近的距離之內。

根本不必深入思考這代表什麼意思。原因就是學院對「喰種」的遏止力低於5區分局。雖然學院有優秀的教官，但與「喰種」驅逐專家雲集的5區分局相比，學院只是一群雛鳥的聚集地，這是理所當然的結果。從這個角度去思考，「喰種」會選擇潛藏在風險較小的學院附近也就不奇怪了。

「嗯……？」

但是曉的心中老是覺得這個想法不夠踏實。

無法接受的假設就算累積得再多，沒有一個核心就會容易崩塌。曉吐出一口氣，遙望著虛空。

三

就在曉和多田的爭論過了數天後，她結束一天的課程，前往篠原所在的教官室。

「之前拿去檢驗機構的唾液，看來是第一次出現的樣本。」

篠原回答前來詢問事件進展的曉。

「這就表示，對方是捕食時不留痕跡的『喰種』嗎？」

如果有前科，〔ＣＣＧ〕內部就會建檔。這些資料往往都能成為破案的線索，但這次可能要從零開始搜查了。

「看來這傢伙做事意外小心。」

儘管多田發下豪語，斷定那種被小孩目擊到犯罪現場就嚇到逃走的「喰種」，應該很快就能找到，但他現在似乎碰上了意想不到的牆壁。

「多田好像從今天起會重新調查學院周邊一帶。」

看來是因為如今手上的情報有限，所以他只能從原本否定的內容開始著手的樣子。

「以一個準特等來說，我覺得他的洞察力有點天真。」

「嗯～多田那傢伙最近的狀況似乎不太好。」

篠原困擾地垂下眉毛。

「雖說經驗累積愈多，技術應該會愈熟練，但是年紀大了身體會變得遲鈍，腦筋也無法像年輕的時候動得那麼快。到了我們這個年紀，多多少少會遇到這些瓶頸。」

對多田而言，現在就是他必須堅持到底的時候吧。篠原喃喃說道。

「他當務之急應該先減肥。」

「哈哈哈，關於這點其實我也這麼想。不過妳別看他那個樣子，他對組織的命令相當服從，一步一腳印累積成果到現在。他跟真戶是不同類型的人，或許因為這樣才會感到抗拒。他過去似乎也對妳母親特別刮目相看。」

就算篠原這麼說，還是無法消除父親被貶低對她造成的不愉快。正因為如此，她才想搶先一步找到「喰種」。到目前都還沒找到的「瓢蟲」究竟躲到哪去了？

「……？」

此時，她突然想起一件事。

「篠原教官，請問目擊『喰種』的小孩年紀多大？」

「年紀？聽說是小學一年級。」

「『喰種』會因為這麼小的孩子大喊大叫就逃走嗎？」

「喔，妳是問這個呀。」篠原聽了曉的疑問後笑笑說道：

「那孩子不僅僅是大喊而已，他嘴裡還叫著『搜查官叔叔！在這裡！』。相當機靈呢。」

如果是這樣，也就不難理解「喰種」為什麼會選擇逃跑。曉向篠原道謝後，離開教官室。不過她在走廊上走著走著，突然停下腳步。

「……那麼年幼的孩子，發現以往都沒有在捕食時留下痕跡的『喰種』，還用確實的對應方法擊退對方，會不會太過機靈了？」

這是個無心的疑問。不過一旦浮現出來，疑惑就會在心中持續膨脹。說不定這裡有解決問題的線索。曉彷彿受到什麼引導似地快步離開學院。

「……就是那孩子嗎？」

她來到5區的郊外，靠近自己在追捕的「喰種」襲擊女性的現場。一排像長屋一樣的獨棟建築沿著小路並列，一位男童在那裡踢著石頭。他看起來就是個隨處可見的孩子，但總覺得身上好像背負著什麼陰影。

「……你就是翔太嗎？」

曉喊出事前調查到的名字，他聽了驚訝地抬頭看向她。

「……妳是誰？」

「我是真戶曉，未來的喰種搜查官。」

「未來的喰種搜查官……」

「叫我曉就好。我想請教你前幾天那件案子的事。」

翔太低頭踢著石子。

「爺爺和奶奶罵了我一頓，說『你怎麼可以做出這麼危險的行為』……我不想再提『喰種』的事了。」

要是出了什麼差錯，男童說不定也會被捲入事件喪命，想到這裡，祖父母會生氣也在情理之中。

「你的祖父母認為被襲擊的女性死掉比較好嗎？」

曉故意無視祖父母愛孫心切的想法向男童提問。「才沒那回事！」男童說完便簡短回答：

「因為我的爸媽都被『喰種』殺掉了。」

男童把小石子往牆壁踢，石子咚一聲彈開，不知道飛到什麼地方去了。

「……妳想問什麼？」

心中一輩子都不可能雨過天晴的陰影，雙親被奪走的痛苦。這是曉過去也嘗過的滋味。

「你是怎麼發現『喰種』的？」

「那天晚上，我無意間往外頭看的時候，有一個女人恰巧經過。她後面……跟著一個男人。」

「你怎麼知道對方是『喰種』？」

「……」

男童閉上嘴，抬頭窺探著曉的神情。曉也沒把他當孩子，而是將他當作一個成人來對待。

「……那傢伙是從前綁走我爸爸的其中一個同黨。」

意想不到的回答讓曉吃了一驚。男童握緊拳頭。

「媽媽被『喰種』殺掉之後沒過多久，換我跟爸爸被另一群『喰種』襲擊。爸爸叫我快點逃走，結果只有他一個人被『喰種』抓去了。我知道那傢伙就是當時那群『喰種』的其中之一。我知道就是他。」

纏繞在一起的絲線，因為男童的話開始解開。

「那是什麼時候的事？」

「我讀幼稚園的時候。那時我們住在20區。我拚命到處找爸爸，好不容易找到的時候……已經成了四分五裂的屍體了。我是說『喰種』。我聽說他們擄走爸爸之後，被其他『喰種』殺掉了。」

他現在是小學一年級，那應該是去年或前年的事吧。曉想起前幾天看過的20區資料。其中有個神祕「羽赫喰種」狩獵同族的紀錄。被羽赫殺掉的是自稱「二丸」，老是製造問題的「喰種」集團。

「我原本以為殺害爸爸的傢伙全都死了，沒想到還有人活著。我怕那個經過家門前的女人也會被那傢伙殺掉，所以就追出去了。」

聽著男童的敘述，曉心中產生另一個新的可能性。如果那傢伙是隸屬於「二丸」的「喰種」，說不定是在抗爭中敗給「羽赫喰種」之後就從20區逃過來了。由於心中對「羽赫喰種」的恐懼還是揮之不去，所以才選了安全的場所棲身。沒錯，「安全的場所」。

這就是所謂的狐假虎威。如果躲在〔CCG〕旗下的機構，諒其他「喰種」也不會接近。原本她以為是「喰種」在被男童目擊後往學院的方向逃走，但正確來說應該是「逃回」學院才對。這個想法瞬間彌補了曉心中的空白。

這麼一來，對方很有可能在距離學院相當近的範圍內築巢，觀察學院的情形。說不定也已經掌握追查此案的喰種搜查官來過的事。如果對方是心思縝密的「喰種」，應該會察覺到多田等人的存在而逃之夭夭。

以一介學院生的能力來說，曉最多只能做到這裡。剩下的事除了拜託篠原或5區分局盡快在學院周遭展開調查以外，沒別的辦法。但是他們可能會要求更加確實的證據，否則就不願意出動。就算是這樣，曉也必須採取行動。

「謝謝你的協助，再見。」

曉向男童道謝，打算離開。

「曉。」

男童叫住她。

「……妳也有認識的人被『喰種』殺害了嗎？」

曉一回頭便看見男童直率的眼神。男童大概也看穿了她背負的事物，就如同她察覺到男童心中的陰影一樣。

「……我母親。」

曉照實回答。「這樣啊。」男童低語。

「妳現在已經不痛苦了嗎？是不是長大之後心情就會平復了？」

「……這點我也不清楚，因為每個人的情形都不一樣。」

「妳呢？妳已經沒事了嗎？」

這孩子現在一定走在一片失去雙親，看不見光的黑暗中吧。

「我呢——……」

曉的腦海裡浮現母親的樣子，以及母親身邊的父親，還有自己與他們兩人在一起的樣子。

「——……是祕密。」

呢喃般的聲音，完全不像字面上那麼冷淡。「是嗎？」男童笑了。然後，男童的眼神突然充滿力量。

「爸爸在臨死前要我把『喰種』的事全都忘了。爺爺和奶奶也不准我去做危險的事，可是我……」

男童抬起右手，指向夕陽下的天空。那是學院的方向。

「隔天，我朝著那個『喰種』逃跑的方向去，結果在那裡……看到他了。」

曉驚訝地睜大眼睛。

「雖然沒有戴面具，但我知道就是那傢伙。我追在他後面，還發現他住的地方——……曉，」

一道熊熊的火焰在男童的眼中燃起。

「拜託妳把那傢伙……把那個害死我爸爸的傢伙……殺掉!!」

憤怒、悲傷以及憎恨，這些負面情感纏繞在小小的孩子身上。這就是「喰種」製造出來的悲劇。

太陽已經完全西下，微涼的風輕輕吹拂。一個背著行李的男人從許多學生居住的破爛公寓中出現，年紀大約二十出頭。他走下生鏽的階梯，悄悄將視線投向遠方，那裡是〔CCG〕的學院。

「等風頭過了之後我會再來。」

男人咧嘴一笑，為了逃離前來搜查的人，他朝著學院的反方向開始邁步。

「……很遺憾，我想是沒辦法了。」

女人的聲音從男人背後響起。他回頭一看，一個女人站在道路正中央。顏色很淡的頭髮在夜風下緩緩飄動，站在那裡的女人——曉，打量著眼前的男人。

「你是前『二丸』的幹部吧。」

曉的話讓男人渾身一震。不過他很快就揚起嘴角，將背負的行李放到地上。

「……妳身上穿的是學院的制服嘛。還是學生嗎？雖然我不知道妳在打什麼主意，不過妳真的知道自己在做什麼嗎？」

男人把手伸進剛才放在地上的行李翻找，拿出一個東西。

「這幾天的運氣實在背透了……既然妳已經看見我的臉，那就請妳去死吧!!」

他拿出來的是一張紅底黑圓點，男童稱為「瓢蟲」的面具。男人——「喰種」戴上面具後便一口氣縮短兩人之間的距離。

「……唔！」

男人的拳頭擦過曉的臉頰。

「喔，妳的反應倒是快得挺多餘的嘛！」

男人看見在千鈞一髮之際靈巧避開的曉，先拉開一段距離後，兩手撐地將力量集中在背上。

「但是……妳現在就是一隻『撲火的飛蛾』！」

說話的同時，男人體內冒出一陣紅黑色的霧氣，撕裂了他的身體和衣服。霧氣立刻聚集起來，變成一條蠕動的赫子，從形狀看來是尾赫。

「連昆克都沒有的小菜鳥少在那裡逞勇啦——!!」

在男人的吼叫聲中，曉低聲說道：「要說昆克我也有。」但是毫無所覺的「喰種」已經伸出了尾赫。

「我來介紹，」

一道影子映入曉的眼簾。

「我的『昆克』——爸爸。」

同時，一顆顆像橡實一樣小，但相當銳利的子彈閃耀著光芒。

「什——唔啊啊啊啊啊啊啊!!」

就在曉俯臥在地的瞬間，子彈穿透「喰種」的身體。

「咯咯……沒想到你會說出『撲火的飛蛾』這種話……原來你很了解自己的處境嘛。」

真戶吳緒提著他的收藏品之一，羽赫昆克「雷」，搖搖晃晃地走出來。

「螻蟻就像隻螻蟻一樣，被業火焚燒到死就對了!!」

與男童分別之後，曉立刻聯絡父親。幸運的是，父親恰巧剛結束工作，與搭檔道別。他馬上化身為曉的「昆克」一趕到現場。吳緒在曉的面前展現了『昆

克』壓倒性的力量。

「噫、噫噫噫噫噫！住手！拜託、拜託不要用羽赫啊啊啊啊！」

「喰種」的身體在吳緒的攻擊下變得像蜂巢一樣。在地上不斷打滾的他向吳緒懇求著。這根本是毫無意義的行為，證據就是父親輕蔑地笑了。

「我聽說你敗給『羽赫喰種』，所以特別精心為你準備了羽赫昆克。你願意收下我的禮物吧？」

父親走到「喰種」身旁，將昆克朝他眼前伸去。

「收下吧，這恐怖的贈禮!!」

父親在極近的距離下發動昆克。小小的子彈穿過「喰種」的面具，將他的眼睛、鼻子、尾巴和腦髓全都炸飛。喀噹一聲，被破壞的面具掉落在曉的腳下。上頭規則排列的黑點比想像中還多，曉突然明白了。

「原來是害蟲啊。」

斑點的數量恐怕是配合組織名「二丸」，一共二十個。是二十八星瓢蟲。

「……發、發生什麼事！」

此時，正在附近搜查的多田匆匆趕來。他應該也快查到這個「喰種」了。

「好久不見，多田準特等。我女兒似乎受到你的關照了。」

「……真戶！你為什麼會在這裡……」

多田看到真戶嚇了一跳，看見他身旁的曉又是一驚，最後發現倒在地上的「喰種」，更是驚訝到無以復加。

「這傢伙難道就是……」

「是我女兒查到他的藏身之處。」

多田看著曉，幾乎衝口大叫我不相信。曉對著不敢置信的多田展露笑顏。

「赫子也成功回收了，我在想是不是能將昆克送給多田準特等留作紀念。」

此言一出，多田氣到渾身顫抖，緊咬著唇。

「……你們兩個傢伙簡直一個樣！」

多田狠狠罵道。曉聽了卻露出更加愉悅的笑意。

「這是最棒的讚美。」

四

數日後，曉把成功驅逐「喰種」的事告訴男童，他一邊踢著石子一邊小聲回道：「是喔。」從他話語中感受不到一絲喜悅之情。就算可恨的敵人死了，重要的人也不會活過來。

「如果你沒把線索告訴我，大概就讓那個『喰種』逃走了。如果真是這樣，又會出現其他犧牲者。你所拯救的不只是那位女性的命，因為只要那些傢伙還活著，就會繼續殺人。」

曉報告完了之後便轉身打算離開。「曉！」就在她和男童間的距離愈拉愈大時，男童男童開口喊了她的名字。曉回過頭，欲言又止的男童別過臉，最後只說了一句「謝謝妳」。

曉和男童道別之後回到學院，在入口附近看見一個人影。

「……這不是爸爸嗎？」

站在入口的父親朝著曉揮手。

「這個時間來找我，有什麼事嗎？」

「工作提早結束了，有兩件事要跟妳報告。」

「說吧。」

「首先第一件，多田開始減肥了。」

原本以為他會因為敗給學院生所受到的恥辱而喪失自信，不過看來他反而奮發向上了，或許這份韌性就是他能活到現在的原因。

曉從這次的事件中學到一件事。能夠贏過多田並非靠她一個人的力量。雖然不想認同多田的言論，但還沒拿到昆克，無法戰鬥的自己果然還是「太嫩了」。曉深切感受到，現在應該做的就是不斷努力，將來才能成為獨當一面的搜查官，儘管她心中還是有些焦急。

「第二件事，我發現一間非常適合在工作空檔用餐的咖哩店，但是我的搭檔是個熱愛甜食的傢伙……無法跟他討論咖哩的美味之處。我們兩個現在一起去如何？」

曉聽了父親的話眨了眨眼。他是想獎賞自己嗎？曉確認一下手錶，點點頭。

「現在正是用餐的最佳時間。」

希望將來能夠成為父親的助力。她也想守護不惜犧牲自己，也要守護她的父親。曉心中一邊想著，一邊和父親並肩同行。

但是，曉終究還是無法讓父親親眼看見她成為獨當一面的搜查官。

奪去父親性命的「喰種」名為「兔子」。曉大概一輩子都忘不了父親被「喰種」四分五裂的遺體。即便如此，她還是要背負著父親的理念繼續前進。

——不管發生什麼事，我都要守護我敬重的上司所珍惜的人。

接著是一段邂逅。在這條強忍寂寞，孤獨前進的路上，曉遇見了打從心底尊敬父親，並且以他為榮的男人。父親最後的搭檔，也是曉最初的搭檔——亞門鋼太朗。

#005 似色

東京【往日】喰種

TOKYO GHOUL

無論你是什麼人都沒關係。

一

「貴未，家裡在討論下次連假一起去旅行，妳要不要去？」

母親這通電話，是在貴未已經相當習慣在東京獨自生活的時候打來的。

「旅行？」

「沒錯。雖然我知道妳還有大學的課要上可能不方便，但我想還是要先跟妳說一聲。」

西野貴未。這個名字的由來是源自於她的父母。從父親——貴志和母親——未惠的名字中各取一個字組合而成。她的外表很平凡——應該被歸類為不起眼才對。不過個性老實，念書也相當認真，現在已經是20區上井大學醫學院的醫學系生了。

「下次的連假嗎……我還有報告要做，可能很難擠出時間。」

貴未的視線落在手邊的參考書之後如此回應。雖然她現在只是一年級，還沒開始上與國家考試相關的課程，但這是她拚命擠過窄門才考上的大學。由於她鼓起幹勁把課表排得滿滿的，所以報告相對也很多。她認為自己將來要當上拯救人命的醫生，因此空閒的時候也常常在閱讀醫學書。

「果然是這樣。我知道了，我會買土產回來給妳，大學好好加油喔。」

「嗯，不好意思，也替我向爸爸和弟弟問好。」

母親大概早就猜到貴未會這麼說了吧。她很乾脆地接受貴未的答覆，彼此道過再見後便掛上電話。

「旅行啊——」

貴未把手機放到桌上，用力伸了一個懶腰。說起來，小她兩歲的弟弟明年就要考大學了。父母也許是想趁他還有時間的時候，全家人一起出去旅行。

「……我是不是應該一起去？」

回絕後才開始想這個問題。

貴未心想，以後應該還有機會一起出去玩吧。於是心思又再次回到報告上。

「貴未早安～報告做完了嗎？」

「西野同學跟妳不一樣，當然已經做完了。」

翌日，貴未來到大學，系上的女孩子便開口喚她。第一個出聲的人是白石，是位妝容完美的開朗女性。而對白石潑冷水的人是糸瀨。她是醫生世家的大小姐。

貴未往兩人旁邊坐下，拿出報告說道：「嗯，我做完了。」

「我說貴未，妳也不要老是在念書，偶而一起出去玩怎麼樣？」

白石睜著閃亮亮的大眼對貴未邀約。

「西野同學，妳還是別答應的好。因為她只是想找妳去聯誼充數。」

「幹麼這樣！我說過了，那只是大家一起開心玩樂而已！」

聽到糸瀨這麼說，白石大聲辯解著，只差沒叫她別拆自己的台。白石老是像這樣，一見到貴未就要邀她去參加聯誼。

「想想嘛，貴未現在也沒男朋友對吧？而且一起出來玩的都是排行前幾名大學的男生，下次的連休有空嗎？男朋友是大學生活的必需品啊！」

貴未現在確實沒男朋友，但她才為了念書婉拒家庭旅行。而且她也能想像得到，像自己這樣外表不起眼的女孩子就算參加了，也不會有人把她當一回事。

「抱歉，那天我有事。」

「咦～為什麼啦～」

糸瀨看見糾纏不休的白石，厭煩地說道：

「妳真的很纏人。」

「不然糸瀨也可以，陪我去啦！」

這次白石換成把矛頭轉向糸瀨，雙手合十向她請求。

「下次連假，我姊姊要帶未婚夫回來，所以交代我要一起出席。」

糸瀨的姊姊是在大學醫院工作的護理師，似乎在和同一個職場上的醫生交往。

「唉……不愧是醫生世家。我也好想和高

水準的男人交往～」

「那妳就應該好好培養品德。」

「妳這麼說是什麼意思！我本人就是品德的化身好不好！根本是品德之子！」

「麻煩妳拿本字典查查品德是什麼意思。」

拚命叫屈的白石，以及輕描淡寫看待的糸瀨。兩人一來一往的對話像在演相聲一樣，貴未不禁笑了出來。「真是的！」白石誇張地鼓起雙頰，糸瀨看了也露出笑容。

下午的課程結束之後，貴未向白石她們道別，去販賣部買自己愛吃的哈密瓜麵包，然後到外頭的長椅上坐下。上井是所有相當規模的大學，占地遼闊，處處充滿綠意。從枝葉間透下來的柔和陽光相當宜人。

大學生活很順遂，如果硬要說有什麼不足，以白石的話來講就是沒有男朋友吧。

貴未過去只有過一次交往的經驗。高中一年級的時候有個學長向她告白，兩人就這樣開始交往。只是第一次約會進行得並不是很順利，於是關係就自然消滅了，自此之後貴未便完全與男女交往無緣。

不過貴未對現狀相當滿足。距離漸漸縮短的同學，以及一天天慢慢習慣的20區街景。這裡有著在家鄉無法感受到的刺激。

貴未大口咬下哈密瓜麵包嘆道：「真好吃。」表情也鬆懈下來。這也是在老家品嘗不到的味道。

隨處可見的生活，一個普通人的日常。她原以為這樣的日子會永遠持續下去。

直到那一瞬間，她迎向突如其來的終結。

二

連休第一天，貴未報告一直寫到深夜，所以隔天睡到太陽高升的下午一點才醒來。她確認放在床上的手機。

「啊。」

打開一看，是弟弟傳來的郵件。主旨是「照片」，信中附上一張應該是在旅行的地方拍下的照片。

「哇～好好喔。」

綠油油的度假勝地。一定是不擅長操作手機的媽媽拜託弟弟寄的。

『謝謝你，我也好想去。』

她將訊息傳出後，弟弟立刻就回傳了。

『如果妳有來就不會這麼冷場了說。』

看來父母和兒子一起出遊的狀況，對弟弟來說有點尷尬。不過旅行才剛開始，現在三人也還在車上。

『幫我提醒爸爸開車要小心。』

『他說知道了。』弟弟回覆貴未的訊息後，兩人的對話就這麼結束了。她從床上爬起來，準備好要吃食物後打開電視。

今天第一條新聞是關於「喰種」的報導。好像有「喰種」出現在5區，並且還襲擊人類。

值得慶幸的是，有位小學生覺得那個「喰種」很可疑而去通報〔ＣＣＧ〕，所以成功捕獲了。這位男童過去也曾拯救過差一點被「喰種」襲擊的女性，新聞上以大大的標題寫著「小學生，立大功！」。男童表示：「我長大以後想進入〔ＣＣＧ〕工作。」

「『喰種』啊……」

雖說20區和其他地方比起來，受害的情況比較少，可是對貴未這樣一個人生活的女性而言，「喰種」依然是令人擔心的存在。圍繞著眾多謎團，傳聞滿天飛的「喰種」究竟是何方神聖？儘管「喰種」非常可怕，她一輩子都不想遇上，但是她總覺得有些事情，還是要見過「喰種」之後才能判斷。

貴未又看了一會兒談話性節目，直到她覺得內容有點膩了便關上電視。她將用餐過後的碗盤拿到洗碗槽，一邊哼歌一邊洗碗，腦中恍恍惚惚想著今天的計畫，晚餐是不是要去評價很好的定食屋吃呢？當她想到這裡，手機突然響起。

「來了來了～」

貴未用毛巾擦拭溼漉漉的雙手，急急忙忙跑去接電話。她看了看來電顯示，是住在老家附近的親戚打來的。

「……？真難得。」

貴未接起電話，心中感到十分不可思議。而接下來聽見的消息，對她「隨處可見的日常生活」劃下了休止符。

『貴末！妳爸爸他們、妳爸爸他們發生交通意外了——……!!』

從未想過會動搖的地面剎那間扭曲變形。

她的家人在車道狹窄、並且有許多急轉彎的坡道上，與下坡的卡車相撞，現在已經被送到急診室。

這是貴末唯一得到的情報。她在不清楚詳細情形的狀況下，直奔ATM領出所有的現金，火速搭上計程車。但不管她再怎麼著急，路程也要兩個小時以上。心臟劇烈跳動，呼吸急促，她覺得自己快要缺氧了。

貴末不斷撥打著雙親和弟弟的手機，無論如何都想聽到家人的聲音。但是，她聯絡不上任何一個人，只有手機的電池空虛地不斷減少。貴末再次讀著白天和弟弟互傳的郵件，那時一切都還一如往常。她用不安顫抖的指尖回覆最後那封郵件：『你們在哪裡？人都還好嗎？』。

「一定要平安無事……！」

儘管她不斷祈禱、懇求，還是沒有任何回音。

當貴未到達醫院的時候，太陽已經下山了。她立刻跳下車往醫院飛奔。

「不好意思，我是西野！聽說我的家人遇上交通意外被送到這裡來……！」

她對著櫃檯的女性大喊，對方回答：「請稍候一下。」過了一會兒，一位看起來像是醫生的人出現了。

「不好意思，我爸爸、媽媽還有弟弟呢……!?」

醫生看著貴未，浮現沉痛的神色。

——為什麼要露出那種表情？

「……您的雙親幾乎是當場死亡，弟弟則是在送醫途中不幸喪生。」

——你在說什麼？

貴未被領到的地方是太平間。一打開門，冷颼颼的涼氣便滑過肌膚。前方擺放著三具遺體。來到這裡之後，貴未更加無法理解現在的狀況。

「這是您的家人沒錯嗎？」

聽到醫生這麼說，貴未整個人彈起來開始往前跑。距離明明很短，但她卻像在沼澤中奔跑一樣，身體異常沉重。騙人！不可能會有這種事！她在心底拚命地否認。貴未伸出雙手，觸碰遺體。她揭開蓋在遺體臉上的白布，定睛看著爸爸的臉。包裹在繃帶下的爸爸——顏面變形，已經看不見原本的模樣。

貴未死命撐住搖搖欲墜的身軀，接著揭開媽媽臉上的白布。媽媽受到的傷比爸爸還悽慘，她不禁別過頭。劇烈的頭痛讓她什麼都無法思考，膝蓋喀噠喀噠地打顫著。

她拖著沉重的步伐來到弟弟身前，揭開臉上的白布。

「……騙人的吧。」

躺在眼前的弟弟雖然身上有傷，但他與無法辨識臉部的父母不同，閉著眼睛彷彿在沉睡一般。

「這是騙人的吧……！」

貴未抓住弟弟的肩膀，大力搖動。

「你們在騙我對不對!!」

貴未朝著弟弟大聲呼喊，音量幾乎要撕裂她的喉嚨。但是弟弟還是沒有醒來。不只是弟弟，爸爸和媽媽也一樣。貴未的家人，她最珍貴的家人……

「快張開眼睛啊啊啊啊啊啊啊啊啊啊啊——!!」

僅僅一瞬間就全都消失了。

貴未對接下來的事只有模糊的記憶。聽警方說明、親戚聚集起來、守夜、喪禮，都像流水一樣滑過。和他們相撞的卡車司機似乎也傷重不治。由於雙方都過世了，加上缺少目擊證人，蒐證變得相當困難，但警方推論兩邊應該都有責任。

喪禮過後一個禮拜，貴未在頭七結束後回到20區的公寓。雖然親戚都勸她再休息

一陣子，但她辦不到。

「我還有大學的課……」

她當初告訴邀約自己去旅行的媽媽，自己有大學的報告要做所以不能參加。媽媽聽了對她說，大學好好加油喔。

「上課要遲到了……我得去大學才行……還要做報告……」

貴未在房間裡來回踱步，將大學的參考書攤在桌上。

「我必須做什麼來著……我該做什麼才好……」

她的腦子無法運轉。只要一開始思考，劇烈的頭痛就會襲來。貴未按著額頭，渾身動彈不得。

只剩視線慌忙地四處游移，目光所及之處並非參考書上的文字，而是手機。貴未拿起手機，打開郵件。是一封她已經反覆念到幾乎能背起來，弟弟傳來的郵件，還有一張拍下壯闊景色的照片。

他們看到這幅風景的時候一定都笑得很開心吧，然後還一邊聊著要是貴未也有去就好了。

「嗚……」

貴未的眼眶慢慢熱了起來，浮現的熱度又帶來另一波熱意。

要不要一起去旅行？這樣詢問她的媽媽。

因為貴未沒有參加旅行，特地把照片傳給她的弟弟。

她叮嚀開車要小心時，回以「了解」的爸爸。

這三人最後慘不忍睹的樣子。

「嗚……嗚……」

貴未雙手掩面，止不住奪眶而出的淚水。

「不要……我不要這樣……！」

人全死了，只剩她一個人苟延殘喘下來。

三

貴未回到大學的第一天，一進入講堂就看見白石和糸瀨的身影。平常總是會興高采烈向她搭話的白石，今天只訥訥說了句「早安」就閉口不言。

「新聞也有報導，真難為妳了……」

「謝謝。」貴末回答糸瀬。光是這句話就已經讓她耗盡心力。白石和糸瀬也不再繼續追問下去，兩人都陷入沉默。

這是睽違許久的課程。貴末拚命追著教授的聲音，以及寫在黑板上的文字，但全都左耳進，右耳出，什麼也沒停留在腦子裡。

「怎麼辦……」

下課後，貴末呆呆看著一片空白的筆記本喃喃自語。

到最後，貴末那天什麼都沒做，所有的課程就這麼結束了。回去的時候，她往家的方向走，卻一而再、再而三撞到路上的行人。一回到家就會想起家人，淚流滿面。晚上也睡不著覺，等到她回過神來太陽已經高高升起，然後再度前往大學。

貴末沒有任何食慾，腦中只知道非得把東西塞進胃裡不可，靠著這樣的堅持囫圇吞下能量果凍飲，但不論她吃下什麼都嘗不出味道。之前販賣部那款超級喜歡的哈密瓜麵包也引不起她的興趣。

筆記本上還是一片空白，什麼都沒寫，只是任由時間就這樣過去。貴未連以往究竟是如何生活都回想不起來。

自己是不是已經瘋了。

貴未手裡拿著罐裝果汁，坐在大學裡頭的長椅上，一面眺望著景色一面心想。就連枝葉間灑落的陽光都讓她感到刺眼。

等貴未察覺到的時候，知情的系上同學已經在不知不覺中，跟她保持距離。家鄉的朋友也不知道該跟她說什麼才好，只能在一旁默默守著她。

她成了孤單一人。

「……當初是不是應該一起去旅行……」

貴未喃喃自語，並不是特別想講給誰聽。

「……要是一起去就好了……」

要是一起死就好了。

現在還有必要念大學嗎？醫生雖然可以拯救他人的性命，但是卻無法拯救貴未心中最重要的人。她不禁心想，既然如此應該也沒必要繼續留在醫學系念書了吧。

——其實，我已經死了。

失去家人的那一瞬間，她的心臟就已經被撕裂，粉身碎骨而死了，現在站在這裡的只不過是具空殼。

好想念爸爸，好想念媽媽，好想念弟弟，好想念大家。這樣的心情愈來愈強烈。

「……啊。」

貴未手上那罐沒動過的果汁從掌心中滑落，掉到地上，裡頭的液體灑了一地，罐口的部分沾上草屑和泥土。

貴未拾起內容物流光光的空罐，嘆了一口氣。

「……我必須振作一點。」

她從長椅上站起，走向自動販賣機，把空罐丟到垃圾桶裡之後，投下兩枚百元硬幣，又買了一罐果汁。貴未拿起喀噹一聲落下來的果汁，往下一堂課的教室走去，她萬般艱難地踏上前往教室的階梯。

遠方傳來學生歡笑的聲音，無視貴未抱著鬱悶的心情，被關在孤零零的世界裡——

「嗨。」

突然有個男人的聲音從貴未的背後響起。她吃了一驚，反射性回過頭看，有個男人正從後方走上階梯，往自己的方向靠近。他的身材瘦長，戴著一副眼鏡，臉上掛著讓人有好感的笑容，應該是同一個年級的學生。

「零錢，妳忘在自動販賣機裡了。」

男人說著，把零錢遞給她。看來是她在買果汁的時候，忘了把零錢取走了。因此對方才特地拿來還給她。

「啊、謝……謝謝……你……」

貴未用斷斷續續的口氣道謝，接下零錢。一般來說，對話應該到這裡就結束了才對。

「妳是一年級生吧？叫什麼名字？」

男人不知道想到什麼，開口詢問貴未的名字。儘管覺得不可思議，貴未還是回答：「我是西野。」男人聽了表情突然散發出光彩。

「西野!?跟我很像呢。我叫做西尾。」

男人笑著。

這陣子會來跟貴未攀談的人，全都知道她失去親人。大家都小心翼翼窺探著她的臉色，以不刺激她的方式，帶著沉重的表情跟她說話。他的笑容對貴未而言有種奇妙的眩目感，她感覺不太舒服，於是便轉開視線，也許是不願被他看見狼狽的自己。

人家特地把零錢拿來送還，她的態度卻這麼不領情，他應該會不高興吧。貴未心裡這麼想，但男人卻說了意想不到的話。

「西野同學，把妳的聯絡方式告訴我吧。」

「咦……!?」

貴未的嘴裡發出傻乎乎的聲音。

「下次一起去玩。」

「咦……!?」

男人更進一步講到這個份上，貴未的眼睛終於有焦距。或許對方並沒有什麼特別的意思，但她實在無法理解，一個看起來很受歡迎的人為什麼會邀自己一起出去玩。

「手機號碼幾號？」

貴未內心還在糾結的時候，他已經拿出自己的手機，把號碼告訴她。雖然還是搞不清楚狀況，但她也在他的催促下拿出手機。

「西尾同學……沒錯吧……？」

確認過後，他再度露出微笑。

「錦。我叫做西尾錦，妳叫我錦就可以了。」

「錦……同學？」

「對。」

晚上再跟妳聯絡。錦說完後便揮手向她告辭。被留下來的貴未呆呆站在原地。難道是在作夢嗎？她懷疑地看向手機的通訊錄，上頭確實寫著「錦同學」的電話號碼，彷彿在告訴她這一切都是現實。

這就是她與錦的邂逅。

那天晚上，貴未回到家裡之後，把手機放在桌上，目不轉睛盯著。

「……果然只是在說笑吧。」

這麼想還比較自然。外表看起來很有女人緣的錦，不可能會對貴未這樣的女人產生興趣。

不過這起突發事件，讓貴未稍微回想起一點現實的滋味，自己也曾有過像那樣跟別人交談的日常生活。

只是，這樣的感覺並沒有持續很久。貴未再次想起自己的家人，整個人伏在桌子上，悲傷的情緒漸漸湧上來。要是能就這麼陷入沉睡，永遠別再清醒就好了。明天要是永遠不要到來該有多好。

「……咦？」

就在這個時候，手機突然發出收到訊息的提示音。貴未慌慌張張地確認，跳出來的名字是——「錦同學」。

沒想到他真的跟自己聯絡了。貴未吃驚地確認內容。

『辛苦了，妳在做什麼？』

雖然只是很普通的對話，但看見對方問她在做什麼，還是讓她心跳漏了一拍。貴未不知道該怎麼回答才好，急急忙忙環顧四周，然後看見一直擺在桌上沒動過的參考書。

『我剛剛在念書。』

這應該是無可挑剔的回答吧。她緊張地寄出，立刻又收到回信。

『真了不起。對了，妳念什麼系？』

『醫學系。』貴未回覆。一寄出，錦就立刻回信。

『很厲害嘛。我念藥學系。說不定我們有重疊到的選課？』

之後兩人繼續互傳一些沒什麼重點的訊息，他的言談中沒有同情也沒有哀戚。正因為他什麼都不知道，這些對話才能成立，貴未也因此鬆了口氣。

『那我們明天一起念書吧，晚安。』

在長長的對話後，貴未和錦訂下一起念書的約定，結束訊息往來。

雖說是文字，但貴未已經很久沒有和人有這樣的對話了。結束久違的交談後，貴未感覺繃緊的神經一下子鬆懈下來，疲倦一口氣湧上。不光只是疲倦而已，連睡魔都被喚醒了。她揉著眼睛，深深陷入床鋪中。

然後，睡得像一灘泥一樣死。

四

跟錦長談後的隔天，貴未醒來，吃驚地發現外頭太陽高掛，房間一片明亮。

「咦、咦、我睡了這麼久嗎……!?」

今天第一節就有課，不過看來是趕不上了。貴未連忙為接下來的課程做準備，她站在洗臉台前面，緊盯著自己很久沒關注的臉孔。雖然今天一覺到天明，但打從意外那天開始累積起來的疲勞全都表現在臉上。

「……為什麼會來找我說話呢？」

貴未按著蒼白沒有血色的臉頰喃喃自語著。之前早上都隨便梳理自己的她，今天特地細心打扮好了才出門。

「……啊，妳來了，西野同學。」

「你、你好……」

那天的課程結束後，貴未來到昨晚約好一起念書的地方，錦已經站在那裡了。原本還在半信半疑，不知道錦會不會出現的她，認真打量著真的依約在那裡等待的錦。

「怎麼了？」

「啊、不，什麼事也沒有……」

貴未心想自己的舉動很失禮，急急移開視線。錦見狀笑著說道：「真是一板一眼啊。」

「不必這麼拘束，西野同學，妳的名字叫做貴未對吧？我可以直接叫妳貴未嗎？」

「啊、好……好的。」

「都跟妳說了不必用敬語。」

錦臉上掛著笑容說道：「那裡有空桌子。」帶著貴未走過去。貴未跟著他來到不會被太陽晒到的位子，兩人隔著桌子面對面坐下來。錦從包包中拿出參考書和資料。貴未看了不禁睜大雙眼。因為看似輕浮的他，參考書上卻有認真閱讀過的痕跡。

「一個人念書很容易會偷懶，麻煩妳監督了。」

說完，錦便開始讀起書來。貴未也慌慌張張地拿出自己的參考書，就在她傷腦筋不知道該做什麼的時候，回想起從發生意外之後就沒有好好念過的部分。貴未開始複習，努力填補之前的空缺。

那天兩人一直用功到夕陽西下，約好下次出來的時間後便向彼此告別。

「到底是為什麼呢……」

雖然疑惑還是沒有消失，但是貴未覺得自己的心情變得輕鬆多了。

兩人後來還是繼續相約一起念書。漸漸地，中間也會參雜幾次出遊的邀約。在一起的時間慢慢多了起來。

跟當初邂逅的時候相比，錦的口氣變得稍微隨興了一點，貴未也能以比較輕鬆的態度說話了。

原本希望永遠不要到來的明

天，變得令人迫不及待。由於有錦陪在身邊，貴末心中的傷痕一點一滴地癒合起來。

「貴末好像在跟藥學系的西尾交往喔。」

貴末坐在大學區域內的長椅上等待錦的時候，這句話飄進她的耳朵裡。她定睛一看，白石和糸瀨正肩並肩走在一起。聽見兩人正在談論自己，貴末覺得有些尷尬，便躲到旁邊的樹幹後面。她們沒有察覺到貴末的存在，繼續聊了下去。

「聽說有人看見他們兩個穿著浴衣去參加祭典。大家都在傳他們是不是在交往，不過應該是肯定的吧？不過西尾在女性關係上的評價不太好，也不知道他到底是不是認真的。」

「西尾啊……那個人明明很受歡迎，為什麼會挑上西野同學呢？就算只是想玩玩，應該也有更好的人選才對。」

言談中輕蔑的語氣讓貴末渾身打起寒顫。

「妳真敢講啊，糸瀨。」

「妳還不是一樣，之所以約她去參加聯誼，不就是因為覺得她可以當個不錯的綠葉嗎？」

「是這樣說沒錯啦～」

兩人不知道貴未也在一旁聽著，肆無忌憚地討論。

「當初發生那起意外的時候，她消沉到讓人不忍看下去，現在倒是重新振作起來了，所以說女人這種生物也很現實。不過這樣也好吧？至少不必擔心她會自殺了。要是同一個系上的人自殺，會讓人感覺很不舒服。」

兩人講著講著，從貴未眼前走過。獨自一人留下的貴未，雙手的手指緊緊絞在一起。

貴未到現在還是不明白，錦為什麼會跟自己交往，她也認為錦應該有更好的選擇。對於別人給自己的低劣評價，她無話可說。

只是，糸瀨最後說的那句話，她實在無法釋懷。

重新振作起來。這句話重重壓在貴未身上。

「……貴未？妳在做什麼？」

貴未低著頭靠在樹幹上，姍姍來遲的錦疑惑地問道。貴未吃了一驚，抬起頭來回應：「沒什麼。」

「沒事就好。待會想做什麼？要來我家嗎？」

「啊、嗯。」

貴未走在錦身旁。從行道樹之間灑下的陽光照亮腳下，風一吹，樹枝便搖曳生姿。美麗的景象讓貴未瞇起雙眼。

「今天的天氣真好。」

錦也抬頭望向枝葉間的微光喃喃說道。兩人共享一樣的心情令人喜悅——但也讓她難受。

多虧有錦陪在身邊，以往只能抓著痛苦回憶不放的貴未才有辦法積極向前，但這也表示，她思念家人的時間減少了。她忍不住會去想，自己這樣是不是很薄情。

到達錦的家之後，貴未取出在販賣部事先買好的哈密瓜麵包，吃一頓簡單的晚餐，錦也啃著他從便利商店買回來的白吐司。

貴未的興趣是四處探訪美食，但錦跟她不同，對食物沒什麼興趣。他總是吃得很樸素，幾乎讓她擔心會不會營養不良。

他買回來的食材常常過期，也是因為這個原因吧。這不太像神經質的他會做的事，但貴未好幾次都看見像擺飾品一樣放在冰箱裡的食材。

「廁所。」

吃完吐司的錦，放了音樂之後便走進廁所。就在貴未側耳傾聽音樂時，錦單手拿著罐裝咖啡走了回來。他總是喝黑咖啡。

兩人持續一會對話之後，錦像是要打下對話的休止符一般，伸手撫上貴未的臉頰，貴未也順勢倒在錦身上。

跟錦在一起的時候感覺很舒服。

貴未也思考過其中的原因，她所想到的答案是「領域」。錦不會去過問貴未不希望別人觸及到的領域——家人，就如同他主張自己的領域一樣。錦自己也不會提起他的家人。

錦是看穿她的一切刻意不去觸及？還是單純的偶然？又或者——因為他嘗過同樣的痛楚？

激情過後，錦喝著咖啡，貴未則是窩在棉被裡，抬起頭來看著錦。

她想跟錦在一起，但是，她不能原諒打算重新振作的自己。

貴未心想，如果那一天，失去家人的當下，她也參加旅行的話會怎樣。原本她認為，如果自己有參加旅行就能和家人一起共赴黃泉，但現在她不這麼想。

如果她當初答應一起去旅行，父親就會到東京來接她，這麼一來車子行經的路線就會不一樣，通過事故地點的時間也會改變。那一天、那個時刻、那個瞬間，她的家人就不會出現在發生事故的地點。

一切都只是假設。但是這個「假設」不斷地控訴貴未，或許就是她的選擇將家人逼上死路。所以貴未無法原諒自己。不，她不可以原諒自己——

「真是個好名字。」

突然，出現一個沒頭沒腦的聲音。

「……咦？」

貴未抬起不知何時垂下的頭，看見錦細細吟味似地說道。

「『尊貴的未來』——所以是『貴未』……」

其實只是從父親貴志和母親未惠的名字中各取一個字罷了，並沒有那麼深刻的涵義。貴未原本應該可以如此簡單地回覆。

「……」

但是錦的話語撼動了貴未的鼓膜和心臟。尊貴的未來，爸爸和媽媽賜給她的東西。

以往她只能回想起家人躺在太平間的樣子，但是現在，三人生前的模樣再度復甦。

開朗的爸爸、穩重的媽媽，表情有點不耐煩的弟弟，每個人都笑著注視貴未。彷彿在鼓勵她別一直停留在原處，快點起步向前走。

如同她的名字一樣，走向尊貴的未來。

「怎麼了……？妳在哭嗎？」

「沒事。」貴未雙手掩面回答他，但淚水就是停不下來。

一直以來心中抱持的罪惡感以及內心對自己的苛責，緩慢、安靜地隨著淚水一起流了出來。

——謝謝你，錦。

是他重新拼湊起自己支離破碎的心。

貴未對他的感激想必一輩子也不會消失吧。她希望能陪在他身邊，直到他不再需要自己為止。不管發生什麼事，在什麼樣的情況下，她都要陪著他。

貴未的心意，成了通往苦難的入口，但永遠都不會褪色。

「因為有你的陪伴，我才夠得救……所以，」

——沒關係，你要活下去喔。

不管他是什麼人都無所謂。

只要他還是他，這樣就行了。
這就是「人」與「喰種」之間的橋梁。

#006【魔猿】

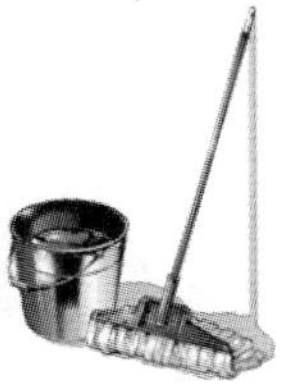

一

我很清楚喔，大家都對魔猿的過去興味盎然。

過去有一個「喰種」集團，以20區為中心到處獵殺各區的〔ＣＣＧ〕搜查官。他們在蓋得緊緊的連帽深處，戴著一副露出獠牙的猿猴面具，四處揮舞著赫子，簡直像在測試自己的力量。

本來「喰種」並不喜歡成群結隊，力量愈強大的傢伙愈是如此。儘管這樣，個個本領高強的猿面成員，卻願意集結成一個相當團結的組織。這大概是因為這個集團的首領「魔猿」力量十分強大的緣故。

——魔猿。

此人即便在一群猿面當中也擁有壓倒性的實力，像在享受遊戲一般不斷取人性命。敵人愈是優秀，他就愈能從戰鬥中感受到愉悅，心情更加激昂。

〔ＣＣＧ〕一直都在研討如何驅逐他們的策略，尤其是這個集團的核心魔猿。為了擊潰他，〔ＣＣＧ〕張了二重、三重的包圍網。但是他們依舊能夠突圍而出，彷彿在嘲笑〔ＣＣＧ〕的努力。

犧牲者不斷增加。這種情況下只能展開大型掃蕩作戰，就在〔ＣＣＧ〕局內開始討論起這個議題的時候……

魔猿突然消失了。

是因為察覺到〔ＣＣＧ〕這邊的情勢才躲起來嗎？還是在與其他「喰種」集團火併的時候落敗了？雖然有種種臆測，但真實還是隱藏在一片黑暗當中。魔猿到底去哪裡了——

這個答案就在20區的咖啡廳。

「哼，看來只要魔猿出手，就連灰塵都會害怕得逃之夭夭！」

「古間，我覺得是因為你拿著拖把亂揮，才把灰塵甩得到處都是。」

這個男人名叫古間圓兒，有一個相當有存在感的大鼻子，以及兩顆圓滾滾的小眼睛。就算要客套一下也很難說他帥，不過整體看來還是挺討人喜歡的。他正是被稱為魔猿，讓〔ＣＣＧ〕的搜查官感到害怕的男人。

這樣的他，現在正清掃著咖啡廳的地板。

事情的開端是他與這間咖啡廳的店長——芳村的邂逅。某一天，芳村毫無預警地出現在古間面前，勸告他停下無益的爭鬥。

居然膽敢跑來跟鼎鼎大名的魔猿說教，真是個蠢到不行的白痴。古間露出尖利的獠牙打算讓他後悔莫及，但等著古間的卻是可笑的敗北，芳村擁有「喰種」當中極為稀罕的才能。

但是，當古間已經做好死亡的覺悟時，落在他身上的卻不是赫子。

——要不要跟我好好談談？

而是一個和氣的提案。

芳村說，他希望能夠在人類的社會生存，而不是到處亂殺人。擁有這麼強大的力量，卻懷著那種願望，令古間十分意外。而且，還莫名吸引了他。古間想親眼看看芳村的目標，因此決定跟隨他。魔猿的第二章，說是從此刻開始也不為過。

而他來到的地方，就是這間咖啡廳「安定區」。這裡不只接待「喰種」，同時也歡迎人類顧客。賣的東西自然是咖啡，這是「喰種」與人類少數可以共享的東西。

「芳村先生，本魔猿該做什麼好？果然是泡咖啡吧！」

古間穿著「安定區」的制服，興奮地詢問芳村。雖然從來沒有泡過咖啡，但是魔猿精心調製出來的東西，只要是活著的生物肯定都會感動涕零。

儘管他不知道如何接待人類顧客，但店員跟顧客之間應該不需要有什麼牽連吧。總之他就是想泡咖啡，想以咖啡廳招牌咖啡大師的身分華麗出道。

但是芳村遞給古間的，卻是和咖啡完全沒有關係的水桶和拖把。

「芳村先生，這是……」

難不成是要他以眼前的水桶和拖把，跳一首創意現代舞將客人迷得神魂顛倒吧？這麼做確實也能吸引大家的目光，說不定會大受歡迎。

但芳村的回答簡單至極。

「希望你先從店內的打掃工作開始做起。」

古間一聽，一對圓滾滾的眼睛瞪得更圓了。打掃，這種簡單到誰都辦得到又無聊的作業，竟然想叫他魔猿來做？

也許他現在應該大抓狂，警告芳村別把他當傻瓜。但此時古間突然察覺到芳村把打掃工作交給自己的真正理由。

「原來如此，是這麼一回事嗎……」

古間咧嘴一笑，接過拖把。

「遵命！」

然後，開始了他笨拙的清掃。

「咦？店長，你請了新人啊？」

過沒多久，今天第一個客人就進來了。仔細一瞧，是個待會要去上班的年輕OL，還是人類。她用稀奇的目光打量著古間。

古間以往只看過因為恐懼而發抖的人類，對他而言這是非常新鮮的表情。

「喔！客人，居然可以察覺到本大爺，挺有一套的嘛。」

「因為你拿著拖把到處亂揮，搞得地板上全都溼答答的！怎麼能在餐飲店做這種事！要扣薪水啦——」

古間特地停下手邊的工作跟她說話，卻得到如此冷淡的回應，他心裡立刻爆出「宰了妳」的念頭，不過這裡是芳村的「安定區」。古間再次握緊拖把，壓抑住自己的殺意。

「店長，我要跟平常一樣的早餐！」

OL老早就把視線從古間身上移開，向芳村點單。真是個不可愛的人類。

雖然古間迷上了芳村的生存方式，但他對人類的喜愛等同於零。古間心想，這種人也想得到魔猿的特製咖啡，還早得很呢。於是他又回到手上的打掃工作。原本打算不去理會那些閒雜人等，但客人一個接著一個上門，有準備去上班的社會人士、在附近經營洋裁店的老婆婆、偶然踏進來的青年，以及跟芳村很熟的女性等等。有「喰種」，也有人類。明明「喰種」就在這裡，明明對面就坐著人類，大家還是照著自己的喜好享受他們的時光。

古間用芳村遞給他的報紙擦拭玻璃，一邊眺望著眼前的景象。

二

「魔猿大哥！您的事情已經傳開了！」

古間在「安定區」工作了幾個禮拜後，去和好久不見的猿面成員會面，他們個個臉上浮現憤怒的表情向他抱怨。

「你們不是也很清楚，本魔猿無時無刻都是眾人目光的焦點嗎？」

古間覺得疑惑，這有什麼好大驚小怪的。不過同伴立刻拉高音量大叫：「不是那個問題！」

「大家都說那個『魔猿』竟然在『安定區』打掃，大哥已經成了眾人的笑柄了！」

其他同伴也紛紛點頭。

「我們已經把在背後批評大哥的傢伙揍了一頓！大哥怎麼可能會做那種雜碎般的工

作！於是我們悄悄跑到『安定區』偷看……大哥！您真的在店裡頭打掃不是嗎！」

同伴壓抑不下滿心的憤怒，砰一聲用力敲著地板。

「芳村那個混帳，竟然敢叫大哥去做那種工作！不可原諒！」

同伴的憤怒似乎是針對芳村，但是古間用銳利的眼神瞪視眼前的同伴。

「喂，不要說芳村先生的壞話。」

古間說話的態度瀰漫著一觸即發的緊張感。即便如此，同伴們為古間著想的心意更加強烈。

「可是魔猿大哥！」

看著一個個對他傾吐著不甘心的年輕小弟，古間的視線柔和下來，他環視眾人。裝模作樣地擺了好一陣子的架式後，終於開口：

「……你們知道什麼是『重曹』（小蘇打粉）嗎？」

「重、重曹……？」

聽了古間的問話，眾人面面相覷。

「是軍隊還是什麼組織的階級嗎？」

那是軍曹。不過這裡沒有半個有吐槽才能的男人，於是古間繼續說下去：

「我一開始也這麼以為，但並不是那樣。所謂的重曹，是一種能把任何頑固油汙輕易去除的魔法粉末。」

同伴聽了紛紛開始七嘴八舌起來。

「可以清除那種黏答答的油汙……!?」

「沒錯，不光是這樣而已，還有除臭的效果，甚至能中和汗臭。」

「不光是油汙，連汗臭味都能戰勝嗎！」

「對。就連臭腳丫的味道也有減緩的效果。」

「連腳臭都有用!?」

同伴中已經有幾個人扶著自己的腳，或許他們心裡同時都想到了什麼。

「魔猿大哥，那個是不是什麼腐蝕性超強的藥？」

同伴因為重曹的效能而嚇得臉色發青。古間聽到他們疑問後搖搖頭。

「嚇人的現在才開始，人類居然能把重曹吃下肚。」

「人類有辦法吃那麼恐怖的粉嗎!?」

「沒錯。重曹分很多種，他們會在食物中放入可食用的重曹喔。」

古間向大夥兒說明，人類會用重曹讓鬆餅膨脹，還有去除山菜的澀味。雖然「喰種」跟人類的食物完全無緣，但大家都對重曹的特殊效果驚異不已。

「這是我之前用蠻力清洗換氣扇，不小心弄斷兩片扇葉的時候，芳村先生告訴我的，似乎是人類的智慧。我原本也認為打掃是跑腿小弟在做的無聊工作，但實際上做了之後卻發現出乎意料地深奧，可不是隨隨便便就能搞定的。」

「而且，」古間繼續補充。

「周遭都認為『居然能讓那個魔猿做打掃的工作，芳村肯定不是什麼小角色』對吧？這麼一來，不管是『安定區』還是芳村先生也會提高不少身價。」

當芳村把打掃工作交給自己時，古間認為芳村的意思是：為了讓位於20區的「安定區」地位得到提升，雖然不好意思但是要請你犧牲了。這個想法讓他不寒而慄。

「確實是這樣沒錯，要是魔猿大哥在那裡打雜，周遭都會認為芳村是個大人物……」

「沒錯吧？如果換成只會虛張聲勢的『喰種』絕不可能會乖乖照做，肯定扔下不管。但我可不一樣。不管怎麼說，芳村先生是信賴本魔猿，才把任務交代給我。演演這種程度的骯髒角色，根本不算什麼。」

多麼美麗的自我犧牲精神。猿面的同伴們都一副深受感動的樣子。

「大哥是多了不起的男子漢啊！沒想到大哥是在深思熟慮之下才去和頑固的油汙奮戰！」

古間伸手拍拍感嘆自己目光短淺不夠成熟，眼中浮現淚光的同伴。

「重曹對狗的淚痕好像也有效喔……雖然我們是『猴子』就是了。」

這是古間為了緩和氣氛使盡渾身解數的笑話。而大家聽了也都露出笑容。

「哈哈，我們就是贏不了大哥啊！」

三

「又在打掃了嗎？」

那位ＯＬ常客看見在店門口掃地的古間，笑著說道。古間已經在「安定區」工作了好幾個月，依然一天到晚都在打掃。

「喔，早安啊，小翼。妳今天依然如此一針見血呢。」

「你也還是一樣遲鈍得不得了呢。明明除了打掃以外什麼都不會……雖然我想這麼說，不過看到你掃地的架式就不能隨隨便便說出口了。」

現在是路旁行道樹開始落葉的季節，但是「安定區」四周連一片葉子都沒有。不光是店門口這麼乾淨，店裡頭當然也一樣清潔溜溜。魔猿的特別清掃讓店內到處都亮晶晶。

被芳村交付打掃任務後，日復一日不斷清掃的古間，不知不覺已經超越了家庭中戰鬥的主婦，學會連專業清潔業者也要甘拜下風的技巧。

「之前用拖把搞得地面上都是水漬的情況像在作夢一樣。」

「喔！小翼也看上了我的打掃技巧嗎？」

「並沒有。」

「不必跟我客氣啊，我的打掃技巧可是一流的。」

「受不了，你也太煩了吧——」

翼的遣詞用字很辛辣，但表情卻很開朗，看起來十分享受自己和古間之間的對話。

「喔，古間先生，今天也在擦杯子啊！」

開口向他攀談的不只是翼，前來「安定區」的客人看見古間，都會親切地和他聊天。

「今天的咖啡杯應該更加閃閃發亮喔。」

「哎呀！這下子連咖啡杯也得好好注意才行呢。」

「在『安定區』每個細節都要謹慎。」

「哈哈哈哈哈！」

從前害怕古間的人類，現在會對他露出笑容，而且還會告訴他許多事情。像是家庭、工作，還有學校。很多都是「喰種」很難有機會體驗到的事。

而且，現在能夠自然與人類接觸的不只古間一個。

「大哥！我也跟您見習開始打工了！」

猿面的同伴也和他一樣。

「我跟大哥一樣要負責打掃工作場所，但是我怎麼掃都掃不好，結果周遭的人看到就過來幫我了！聊了一下發現大家還挺意氣相投的！雖然沒辦法一起吃飯、喝酒，不過我覺得很開心！」

他們似乎是因為看到首領「魔猿」流汗勞動的樣子而被觸發。在「喰種」鮮少會群體行動、同伴意識相當強烈的組織「猿面」，上下關係分得十分清楚，沒想到意外幫助他們融入人類社會。

藉著和人類建立關係慢慢增加新知識，各式各樣的新奇發現讓古間的心澎湃不已。只是，心臟澎湃的跳動，下一秒成了肚子裡咕嚕咕嚕的響聲。肚子餓的疼痛慢慢往上爬，有時讓他的心也痛了起來。

「又是『喰種』啊……我得小心一點才行。」

翼像往常一樣喝著早安套餐的咖啡，一邊抬頭看著電視一邊說道。平常話很多的古間，這種時候卻不知道該說什麼才好。

「本『魔猿』竟然也會這麼纖細敏感。」

工作結束後，古間一面脫下制服，暗自嘆道。雖然覺得這樣不像自己的作風，但他還是無法揮去心中這道陰霾。但說起來，這樣的情感真的應該揮去嗎？

「古間。」

一道溫和的聲音從古間背後響起。

「芳村先生……」

他回頭一看，芳村站在那裡問道：「你現在有空嗎？」

「既然是芳村先生的邀約，本魔猿無論何時何地都樂意奉陪。」

古間硬是打起精神，故作開朗地回覆，芳村聽了便帶頭走出去。

他把古間帶到店裡的大廳。打烊後的店內看起來有些寂寥。不，或許是古間自己認為沒有客人的空間很寂寞吧。

「請你坐在這邊。」

芳村要他坐的地方是吧檯。他一坐下，芳村就走進廚房開始準備泡咖啡的器具。

「工作還可以嗎？古間。」

「連灰塵都害怕魔猿的打掃功力，最近幾乎不見蹤影。」

雖然古間說得很誇張，不過芳村卻肯定他似地頷首。

「因為有你每天打掃得這麼乾淨，店裡連角落都閃閃發亮。」

接著，他把咖啡遞到古間面前，咖啡裊裊的熱氣散發出芳醇的香味。回想起來，或許自己從來沒有像這樣悠悠哉哉地喝過一杯咖啡。

「『安定區』的方針就是同伴互相幫助。」

當古間拿起咖啡杯時，芳村輕聲說道。

「而你幫了我很大的忙。」

芳村只說了這麼一句，便沉默下來。

說不定芳村察覺到古間內心的糾結；說不定他也很清楚古間糾結的理由和原因；說不定這也是希望和人類一起生活的芳村，心裡一直背負的傷痛。

古間一口氣喝乾芳村泡的咖啡。因為要是慢慢品嘗，自己可能會敗給熱氣的溫暖而落下淚來。

「本魔猿，從今以後也會像這樣繼續幫助芳村先生，這就是魔猿的驕傲。」

聽了古間的話，芳村靜靜地微笑了。

「既然如此，你也差不多該開始學泡咖啡了。」

「泡咖啡嗎!?」

意想不到的提案讓古間立刻從椅子上站起來。因為對於成天都在打掃的古間來說，泡咖啡這項工作簡直就是神的領域。是一項旁人和他都無法輕易勝任的特殊工作。

「小翼曾經私底下偷偷跟我說『我下次想喝喝看古間先生泡的咖啡』。」

向芳村先生建議的人竟然還是經常對他口吐辛辣言詞的翼。「其實還有很多客人都想喝喝看你泡的咖啡。」

「安定區」的方針是同伴互相幫助。那麼同伴的範圍會擴展到什麼程度呢？

「……那我可得以魔猿特調咖啡好好回應大家的期待才行！」

如果同伴指的是受到幫助，以及自己想要幫助的人，大概會形成一個很大的圓圈吧。

從那一天起，芳村負責指導的咖啡課程就開始了。烘焙豆子的方法、注入熱水的方法，每一道手續都有它的意義，全部合在一起才造就了咖啡的美味。接受過芳村的指導後，古間自己也會練習，還會泡咖啡給猿面那些同伴喝。

「……咦？什麼什麼？只有打掃才能的古間先生竟然進了吧檯！」

接著便是決戰之日。翼如同往常一樣來到店裡，當她看見進入吧檯的古間，立刻衝上前去。

「我想從今天開始，也請古間幫忙泡咖啡。」

「咦～真的沒關係嗎？會不會像之前拖地一樣，把咖啡也甩得到處都是？」

儘管毒舌不斷，翼還是迅速坐下來點單：「那我今天就喝喝古間先生泡的咖啡！」

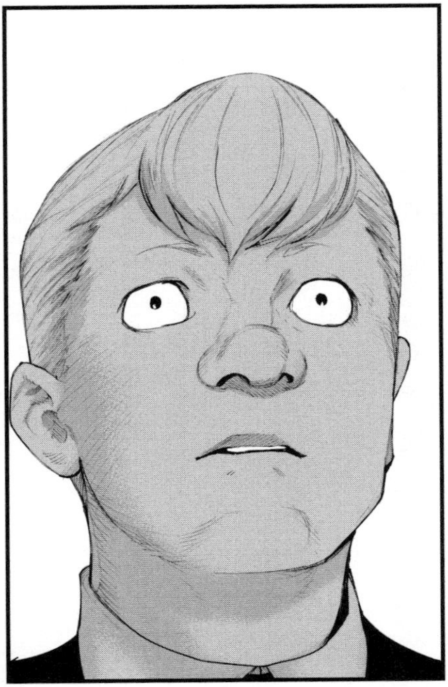

「遵命！」

咖啡是很纖細的飲品，蠻力在這裡可不管用，是一道道精細的手續所累積出來的成果。或許「喰種」混入人群中生活，也跟泡咖啡一樣吧。

「好了，請享用吧。」

他將所有的熱情全都灌注在這一杯上頭。

「還不知道好不好喝呢。」

翼調侃著，一邊把咖啡杯放到嘴邊。咖啡濡溼了她的唇，慢慢滑入她的喉嚨中。

「……好喝。」

她那張平常總是口是心非的嘴，逸出毫無掩飾的真心話。

雖然古間對自己很有自信，魔猿泡的咖啡當然好喝到沒話說，但實際上喝下咖啡的人給了如此高的評價，還是帶給他難以言喻的感動。

翼的表情綻放光彩，臉上洋溢著幸福。這是顧客，而且是人類的笑容。看起來像是一道耀眼的光芒，讓他高興到無以復加——但也難受到無地自容。

古間愈是了解人類，愈是明白萌芽在心中那股產生痛楚的糾結情緒究竟是什麼。

光不但會照亮生物，也會產生陰影。而那道陰影也在提醒他自己所犯下的罪孽。古間愈是喜歡人類，踐踏人類的過去就愈是常常浮現。

有人趴在地上說自己有小孩、有家人，不想死，懇求他無論如何饒過一命。也有人不甘心被他們「喰種」殺害，想辦法讓同伴先逃，獨自挺身面對。他們也有像這樣安穩的日常生活，也有幸福的一瞬間吧。他卻毫無慈悲地捏碎了一切。

跟芳村邂逅之後，他想試著和人類一起活下去。但是，他也認為自己沒有和人類一起生活的權利。這兩種完全相反的情感互相衝突，所造成的衝擊使他痛苦不已。

「……間先生？古間先生？」

回神之後，他發現自己剛才好像整個人都凍結住了。翼一邊覺得不可思議，一邊開口叫他。

「啊、喔喔，不好意思，我實在是太感動了。」

「竟然會對自己泡的咖啡感動，古間先生果然是個怪人。」

翼儘管傻眼，還是笑了出來。陸陸續續進來的客人看見手上沒有拿著清掃用具的古間，也笑著走過來問他是不是已經從打掃這件事畢業了。

陰影，以及過去的行為，今後也會繼續纏著古間不放，帶給他痛苦吧，即使如此，他還不知道究竟是活著算贖罪，還是死了才算贖罪。現在的他，光是明白好不容易才察覺到的罪孽有多深重，就已經耗盡心力了。

古間覺得自己還需要一些時間好好思考。所以現在，只有現在，他希望能夠再多留在這邊的世界一陣子。雖然深濃的陰影會帶來痛苦，他還是想看看這個能讓以往看不見的東西，在光線下展露出鮮豔色彩的世界。

四

過沒多久，店裡就來了新人。那個人就是「黑色杜賓」的首領，入見佳耶。

「沒想到我會和妳一起工作，入見。」

「煩死了，閉嘴猴男！」

這個惡名昭彰，被〔ＣＣＧ〕盯上的黑色杜賓首領，竟然會跟猿面一樣來到「安定區」。世上發生的事還真是沒人能預測。

雖然她的口氣很囂張，但在這裡古間是前輩。他忖度著入見從今天開始應該也是過著天天掃地的日子吧。一想到以成員絕對服從出名的「黑色杜賓」首領拿著拖把的樣子，他就感慨萬千。

「那麼佳耶，妳就先從泡咖啡開始試試看吧？」

此時芳村的驚人之語傳入他的耳中。他竟然要傳授才來這裡沒多久的入見泡咖啡的方法。而且，很快就讓她替客人泡咖啡了。

「入見小姐泡

的咖啡感覺特別好喝呢。」

「店裡有個女性果然比較養眼。」

男性常客都迷上入見了。就連最近剛交到男朋友的翼也起勁地和入見聊著八字還沒一撇的事：「我想把將來生的小孩取名為翔太！」

而且，由於入見進了廚房，古間就因此失去立足之地，再度掉回清潔工的位子。

「……為什麼在『安定區』待比較久的大哥會被趕去打掃，反而是『黑色杜賓』的首領進了廚房！」

店裡頭有「喰種」光顧，八卦傳播的速度也特別快。對魔猿的情報相當敏感的猿面同伴，知道魔猿在「安定區」的待遇後再度憤慨起來。尤其對方還是水火不容的「黑色杜賓」首領，他們的怒氣就更加高漲了。

現在大家都各自有各自的工作，因此提出的問題都相當具體，像雇用型態是不是怪怪的、契約狀況現在是怎麼樣等等，討論的氣氛愈來愈熱烈。但是古間只是淡淡地笑道：「你們幾個不懂啦。這不是形式的問題，是心的問題。」

「入見跟我不一樣，精神上還不夠成熟。無法徹底體察芳村先生言談中所隱藏的意圖。正因為如此，芳村先生才基於磨練的要領，早早讓她進廚房好督促她的成長啊。」

比較起來，可以讓芳村放心交代任何工作的我，得到的評價反而更高。古間自信滿滿地說完之後，同伴便此起彼落歡呼起「原來如此！」、「不愧是大哥啊！」。

沒錯，不管在什麼位子上都不擺爛、不抱怨、竭盡全力，這就是所謂的男人。

而且，確實有人看到了他的表現。

「古間先生真厲害呀，不管做什麼事都是全力以赴。」

看見在店門前拿著掃把和落葉戰鬥的古間，翼感觸良多地嘆道。

「是嗎？我倒覺得他的幹勁都只是在空轉而已。」

「也是有那種感覺！」

入見前來點單，翼也同意她的說法。

「不過，原本完全不及格的打掃，現在也成了專業級，泡出來的咖啡也可圈可點。最重要的是，我光看著古間先生就覺得很愉快了。每天早上都能得到滿滿的元氣喔！」

要是讓古間先生知道，他一定會得意忘形，所以要對他保密喔。翼惡作劇似地將食指擺在脣上，噗哧一笑，入見看著她的笑容，仔細豎耳傾聽。雖然追逐著落葉的動作呈現不規則狀態，但掃把相當仔細地掃過路上的每個角落。過去讓〔CCG〕的喰種搜查官心生恐懼的「魔猿」，正全心全意地執行著無趣的打掃工作。

但是，入見卻無法嘲笑古間。

他正在實踐與人類之間的共存，而且還贏得了信賴。她可不能輸給這樣的古間。

這肯定就是他樹立的良好模範吧。會把這個工作交給他，也是因為他得到芳村的信賴。

「接下來，就用魔猿的旋轉颶風來做個了結吧！」

今天的「安定區」依然閃閃發亮。

——最後的一天也是。

「芳村先生，我把店裡打掃得亮晶晶的囉，這是魔猿的特別清掃服務。」

「安定區」的方針是同伴之間互相幫助。

為了證明這一點。

改編小說終於來到第三彈。
東京喰種【zakki】上也提過，
所有的改編小說都有經過
石田老師親自確認。
我深切感受到，
正因為有石田老師對作品的熱情，
以及各位讀者對作品的愛，
才會有第三彈問世。
真的十分感謝大家

十和田シン

謝謝各位購買小說第三彈。
我想「東京喰種」的改編小說到此
應該算是告一段落了。
非常謝謝負責執筆的十和田老師、
編輯 65，
以及閱讀本書的各位讀者。
如果之後再有任何作品，
還請大家多多關照。

Sui

東京喰種 [往日]

TOKYO GHOUL

逆思流

東京喰種[往日]

（原名：東京喰種ートーキョーグールー[昔日]）

原　作／石田スイ　小　說／十和田シン
發行人／黃鎮隆　譯　者／賴思宇
總編輯／洪琇菁　協　理／陳君平
責任編輯／曾鈺淳　國際版權／黃令歡
內文排版／謝青秀　美術編輯／林慧玟
文字校對／施亞蒨　企劃宣傳／邱小祐、劉宜蓉、吳姍
出版／城邦文化事業股份有限公司　尖端出版
台北市中山區民生東路二段一四一號十樓
電話：（〇二）二五〇〇—七六〇〇
傳真：（〇二）二五〇〇—二六八三
E-mail：7novels@mail2.spp.com.tw
發行／英屬蓋曼群島商家庭傳媒股份有限公司城邦分公司　尖端出版
台北市中山區民生東路二段一四一號十樓
電話：（〇二）二五〇〇—七六〇〇（代表號）
傳真：（〇二）二五〇〇—一九七九
中彰投以北經銷／高見文化行銷股份有限公司
電話：〇八〇〇—〇五五—三六五
傳真：（〇二）二六六八—六二二〇
雲嘉經銷（含宜花東）／威信圖書有限公司　嘉義公司
電話：（〇五）二三三—三八五二
傳真：（〇五）二三三—三八六三
客服專線：〇八〇〇—〇二八—〇二八
南部經銷／威信圖書有限公司　高雄公司
電話：（〇七）三七三—〇〇七九
傳真：（〇七）三七三—〇〇八七
香港經銷／城邦（香港）出版集團有限公司
香港灣仔駱克道一九三號東超商業中心1樓
電話：（八五二）二五〇八—六二三一
傳真：（八五二）二五七八—九三三七
E-mail：hkcite@biznetvigator.com
新馬經銷／大眾書局（新加坡）POPULAR（Singapore）
E-mail：feedback@popularworld.com
大眾書局（馬來西亞）POPULAR（Malaysia）
E-mail：popularmalaysia@popularworld.com
法律顧問／王子文律師　元禾法律事務所
台北市羅斯福路三段三十七號十五樓
二〇一五年十二月一版一刷
二〇一七年二月一版二刷

■台灣中文版■

郵購注意事項：
1. 填妥劃撥單資料：帳號：50003021戶名：英屬蓋曼群島商家庭傳媒(股)公司城邦分公司。2. 通信欄內註明訂購書名與冊數。3. 劃撥金額低於500元，請加附掛號郵資50元。如劃撥日起 10～14日，仍未收到書時，請洽劃撥組。劃撥專線TEL：(03)312-4212 ・ FAX：(03)322-4621。E-mail：marketing@spp.com.tw

國家圖書館出版品預行編目(CIP)資料

東京喰種[往日] / 石田スイ原作 ; 十和田シン
小說 ; 賴思宇譯. -- 1版. -- [臺北市] :
尖端出版 : 家庭傳媒城邦分公司發行, 2015.12
面 ;　公分
譯自: 東京喰種 [昔日]
ISBN 978-957-10-6274-7(平裝)

861.57　　104021235